성호 이익 시선

우리
한시
선집

131

성호
이익
시선

허경진

보고사
BOGOSA

머리말

　성호의 문집에 일천 수가 넘는 한시가 실려 있고, 『성호사설』
에도 시와 문장에 대한 고증과 비평이 300항목이 넘는다. 성호
는 글자 그대로 창작과 비평을 겸비한 시인이라고 할 수 있다.
성호 자신은 문학에 그다지 마음을 두지 않았다고 했지만, 타고
난 시인이었던 셈이다.

　성호는 퇴계를 사숙하여, 퇴계의 가르침을 자기 나름대로 해
석하고 정리하여 후대에 전하는 것을 사명으로 삼았다. 조선 후
기의 성리학은 퇴계 이황처럼 심성의 수양을 제일로 하는 학자가
주를 이루었지만 17세기 이래 성호 이익처럼 경세를 중시한 학자
들이 학계의 한쪽을 차지하면서 문학이 달라졌다.

　성호는 한덕사의 문집인 『석은집』 서문에서 "시는 가르침이다.
뜻을 전달하는 데 힘써야 하니, 간략해야만 가르침을 이룰 수
있다. 그런데 뒤에 변하여 오칠언 장단편에 이르러서는 가르침과
무슨 상관이 있겠는가. 더구나 성병(聲病)과 대배(對配)의 율이 더
해져서 날이 갈수록 본지에서 어긋났고, 뜻이 교묘할수록 가르침
에서 더욱 벗어났다."고 탄식하였다. 이어서 "풍속을 살핀다는
시의 근본 뜻을 잊지 않는다면 곧 가르침에 공이 있을 것이다."라
고 해결책을 제시하였다. 미학보다는 실학을 선택한 것이다.

　그는 시 속에 형상화된 모습이 실재하는 경물의 모습에 가까

워져야 한다고 생각하였다. 자세하고 사실적으로 묘사하다 보니, 시가 함축보다는 서술 쪽으로 기울어졌고, 저절로 길어졌다. 고려가요 『한림별곡』에 "이정언(이규보) 진한림(진화) 쌍운주필(雙韻走筆)"이라고 했거니와, 성호야말로 그침 없는 주필(走筆)의 시인이다. 8수로 한 편의 시를 이루는 팔경시(八景詩)가 유난히 많으며, 한 제목으로 10수 넘게 지은 연작시도 많다. 차운(次韻) 경우에도 같은 원운으로 5~6수를 연거푸 차운하였다.

성호는 형제들이 많아서 조카와 종손자들도 많은데, 이들과 꾸준히 교류하며 많은 시를 주고받았다. 성호는 선배들의 학설에 의문점을 가지고 제자들과 토론하며 저술하였고, 제자들이 자신을 반성하여 스스로 터득하게 했거니와, 종회의 친목을 주도한 성호의 인간적인 면모가 성호학파의 또 하나의 근간이 되었다.

이 시선은 1922년에 목판본으로 간행된 『성호전집』을 저본으로 하여 번역하였다. 『성호사설』에도 성호 자신의 시를 들어서 설명한 부분이 많지만, 문집에서 골라내고 싶은 시가 워낙 많아서 『성호사설』에 실린 시는 미처 소개하지 못하였다. 『해동악부』도 마찬가지이다. 성호의 시를 모두 읽어보고 싶은 독자는 고전번역원에서 간행한 『성호전집』과 『성호사설』을 읽어보시기를 권한다.

기회가 되면 순암 안정복에서 금대 이가환과 혜환 이용휴 부자를 거쳐 수당 이남규에 이르는 성호학파 시인들의 시를 한 권씩 소개하여, 조선 후기 한시의 한쪽 세상을 보여주고 싶다.

2021년 9월 22일
허경진

차례

宅何時命之不諐兮奈遊佚之無期豈不知才美之獨難
乎天亦猶其忍之聽鳥獸之失羣兮或啁噍而翔回矧是
人之求輔兮臨寢門而增哀知此雒之東薆兮儵遷變其
回首曾日月之幾何兮見密契之僅有陸嘆逝而追計兮
班綴思而懷舊雜厭厭其九泉兮慕鄉警像方前躅蝘蜓
以平歲兮替虞殯而有俟

詩

濂溪先生

奎運將開覺最先圖書密付後來傳雍容氣像無風夜灑
落襟懷有月天上接淵源三代近從遊圖史二程賢一般

『성호전집』권1 첫 번째 시가 「염계 선생(濂溪先生)」이다.

염계 선생
濂溪先生

규운이 열릴 즈음에 가장 앞선 선각이라[1]
도서[2]를 은밀히 주어 후세에 전하였네.
온화한 기상은 바람이 없는 밤이요
쇄락한 흉금은 달이 있는 하늘일세.[3]
위로 연원을 이은 것은 삼대에 가깝고
강석[4]에서 가르침 받은 이정[5]도 어질었네.
창 앞의 풀이 자신의 뜻과 같다 했으니[6]
평생에 연꽃만을 사랑했던[7] 것은 아닐세.

奎運將開覺最先。圖書密付後來傳。
雍容氣像無風夜、灑落襟懷有月天。
上接淵源三代近、從遊函丈二程賢。
一般意思囱前草、未必平生獨愛蓮。

─────

◇　성리학의 선구자인 북송의 주돈이(周敦頤, 1017~1073)가 여산 기슭의 염계
　　에 서당을 짓고 제자들을 가르쳤으므로 그를 염계 선생(濂溪先生)이라 불렀
　　다. 자는 무숙(茂叔)이며, 『태극도설(太極圖說)』을 지었고, 정이천·정명도
　　형제의 스승이다.
1　규성(奎星)은 문운(文運)을 관장하는 별이다. 주돈이가 『태극도설』을 지어
　　가장 먼저 성리학을 제창했기에 이렇게 말하였다.
2　하도(河圖)와 낙서(洛書)를 가리킨다. 하도는 복희씨(伏羲氏) 때에 하수(河
　　水)에서 나온 용마(龍馬)의 등에 그려져 있던 1개부터 10개까지의 점으로

된 도형인데, 복희씨가 이것을 보고 『주역』의 팔괘(八卦)를 그었다 한다. 낙서는 하(夏)나라 우왕(禹王) 때에 낙수(洛水)에서 나온 거북이의 등에 그려져 있던 1개부터 9개까지의 점으로 된 도형인데, 우왕이 이것을 보고 『서경』의 홍범구주(洪範九疇)를 만들었다 한다. 이 시에서는 후세에 도(道)를 전한 주돈이의 「태극도설」을 가리킨다.

3 황정견(黃庭堅)의 「염계시서(濂溪詩序)」에 "용릉의 주무숙은 인품이 매우 고상하고 가슴속이 깨끗해서 마치 비 갠 뒤의 온화한 바람과 깨끗한 달빛 같다.[舂陵周茂叔 人品甚高 胸中灑落 如光風霽月]"고 말한 것을 달리 표현한 것이다.

4 원문의 '함장(函丈)'은 선생이나 장자(長者)가 앉는 자리를 뜻하는 말로, 함연(函筵)이라고도 한다. 제자는 스승의 자리와 한 발[一丈]의 거리를 둔 데서 유래하였다.

5 주돈이에게 가르침을 받아 성리학을 펼친 정호(程顥)와 정이(程頤) 형제를 가리킨다.

6 주돈이가 창 앞에 무성한 풀을 베지 않자 정명도(程明道)가 그 까닭을 물었는데, "나의 뜻과 똑같기 때문이다.[與自家意思一般]"라고 하였다. 푸르게 돋아나는 풀의 '살려는 뜻[生意]'이나 사람 마음의 생생(生生)하는 뜻이나 매일반이라는 말이다.

7 "나는 유독 연꽃이 진흙에서 나서 진흙에 물들지 않고, 맑은 물결에 씻기면서 요염하지 않고, 중심은 통하고 외면은 곧으며 덩굴이 자라지도 않고 가지가 뻗지도 않으며 향기가 멀수록 더욱 짙고 우뚝이 깨끗하게 서 있어서 멀리서 볼 수 있을지언정 가까이할 수 없는 점을 사랑한다." – 주돈이 「애련설(愛蓮說)」

명도 선생
明道先生

천년 뒤에 유풍을 들어 순주를 마신 듯하니[1]
건곤의 화기가[2] 이러한 분을 길러냈네.
묘소에 그 누가 시호를 적었는가[3]
가숙에서 학문할 당시 좋은 짝이 있었지.[4]
봉황처럼 기린처럼 풍모 모두 탁월했으니
눈 녹고 얼음 풀린 따스한 봄날 같았지.[5]
못난 나[6]는 감히 주공의 꿈을 꾸지 못하고[7]
흠모의 정성 깊어서 풍모를 그려보네.

千載聞風若飮醇。乾坤和氣養斯人。
墓門何者題爲諡、家塾當時德有鄰。
鳳峙麟遊俱異瑞、雪消冰釋便陽春。
鯫生不敢周公夢、瞻慕誠深爲寫眞。

◇ 명도(明道)는 주돈이의 제자로 성리학을 일으킨 북송의 학자 정호(程顥, 1032~1085)의 사시(私諡)인데, 자는 백순(伯淳)이다. 오랫동안 낙양(洛陽)에서 강학하였기 때문에 '낙학(洛學)'이라 불렸으며, 그의 저술은 『이정전서(二程全書)』에 수록하였다.

1 삼국시대 오나라 장수 주유(周瑜)는 자가 공근(公瑾)인데, 정보(程普)가 주유의 인품에 감복하여 말하기를 "공근과 만나면 마치 순주(醇酒)를 마신 것과 같아 나도 모르게 취한다." 하였다.

2 명도 선생이 가만히 앉았을 때는 마치 흙으로 만든 인형 같은데, 사람을
   접할 때는 온통 한 덩이의 온화한 기운뿐이다.[明道先生坐如泥塑人 接人則渾
   是一團和氣.] - 『이정외서(二程外書)』 권12 「전문잡기(傳聞雜記)」

3 정호는 특별한 호칭이 없었는데 그의 사후에 문언박(文彦博)이 중론(衆論)을
   모아 그의 묘에 '명도 선생(明道先生)'이라고 썼다.

4 아우인 정이와 함께 공부했기 때문에 이렇게 말하였다.

5 주광정(朱光庭)이 명도 선생을 여남(汝南) 땅에서 뵙고 돌아와 "광정이 춘풍
   (春風) 속에 한 달 동안 앉아 있었다." 하였다. 마음속에 사욕(私欲)이 모두
   사라져 온화한 인품을 이루었다는 뜻이다.

6 추생(鰍生)은 자잘한 물고기로 보잘것없는 인물이란 말인데, 자신에 대한
   겸사로 썼다.

7 공자가 젊었을 때는 주공의 도(道)를 행하려는 뜻이 강했기에 꿈속에서도
   주공을 가끔 보았으나, 늙도록 도를 행하지 못하게 되자 꿈속에서도 주공을
   만날 수 없었으므로, "심하다, 나의 쇠함이여. 오랫동안 내 다시는 꿈속에서
   주공을 뵙지 못하다니.[甚矣吾衰也 久矣吾不復夢見周公]"라고 탄식하였다.
   - 『논어(論語)』 「술이(述而)」

이천 선생
伊川先生

천부적인 자질로 전체를 갖추되 미약했지만[1]
살아서 주공 공자와 같이 되기를 기약하였네.[2]
증자의 책[3]은 선생을 기다려 비로소 높아졌고
희괘[4]는 전수 안 되다가 선생이 뜻을 밝혔네.
마음에 가득한 근심[5]은 천하처럼 크고
암암한 기상은 태산처럼 높았네.[6]
일천사백 년 동안이나 적막하다가
사도의 종문이 다시 살아났구나.[7]

稟質天成具體微。生期周孔與同歸。
曾書有待斯尊閣、羲卦無傳賴發輝。
殷殷心憂天下大、巖巖氣像泰山巍。
一千四百年寥闃、師道宗門復庶幾。

◇　이천 선생(伊川先生, 1033~1107)은 주돈이의 제자로 성리학을 일으킨 북송
　　의 학자 정이(程頤)의 호인데, 자는 정숙(正叔)이다. 하남(河南) 낙양(洛陽)
　　사람으로, 이천백(伊川伯)에 봉해져서 이천 선생이라 불린다. 정호(程顥)의
　　아우로, 이기(理氣) 철학을 제창하여 유학을 부흥시켰다. 『역전(易傳)』, 『춘
　　추전(春秋傳)』 등의 저술이 『이정전서(二程全書)』에 실려 있다.
1　공손추(公孫丑)가 "자하·자유·자장은 모두 성인의 한 부분을 가지고 있고,
　　염유·민자·안연은 성인의 전체를 갖추고 있었으나 미약했다.[子夏子游子張
　　皆有聖人之一體 冉牛閔子顏淵則具體而微]"고 한 말이 『맹자(孟子)』 「공손추
　　(公孫丑) 상」에 실려 있다.

2   정호와 정이 형제가 15, 6세 때부터 성인이 되는 공부에 뜻을 두었다.

3   증서(曾書)는 증자가 공자의 도를 전한 책이라고 하는 『대학(大學)』과 『중용
    (中庸)』을 가리킨다. 『대학』과 『중용』은 원래 『예기(禮記)』속의 편이었는데
    정호와 정이 형제가 단행본으로 만들어서 존신(尊信)하였다.

4   희괘(羲卦)는 복희씨의 괘(卦)로 『주역(周易)』을 가리킨다. 정이가 지은 『주
    역』의 전(傳)을 정전(程傳)이라고 한다.

5   주희(朱熹)가 「대학장구서(大學章句序)」와 「중용장구서(中庸章句序)」에서 맹
    자(B.C.372~B.C.289) 이후로 끊어진 도통을 정자(程子)가 이었다고 천명하
    였으니, 일천사백년이다.

6   『시경』「북문(北門)」에 "북문을 나서니 마음에 근심이 가득하구나.[出自北門
    憂心殷殷]"하였다.

7   정호가 『근사록(近思錄)』에서 "공자는 천지와 같고, 안자는 온화한 바람 상
    서로운 구름과 같고, 맹자는 태산처럼 우뚝한 기상이 있다.[仲尼天地也 顔子
    和風慶雲也 孟子泰山巖巖之氣象也]"하였다.

18

도연명의 시에 차운하다

次陶淵明詩 三首

1.

새는 평원의 풀밭에 내려앉고
매미는 동산의 버들에서 우네.
물성을 보고 감회가 일어나
문을 나서서 물끄러미 오래 바라보네.
한가롭게 노닐며 좋은 흥취를 만나니
흐르는 물 높은 산이 모두 좋은 벗일세.
술 마시기를 좋아하지 않지만
태화주[1]에 한번 취해 보리라.
이러한 마음 지키려 한[2] 지 오래건만
실행하지 않으면 저버리는 것일세.
좋아하는 벗들과 만나자고
서로 기약한 것이 이미 두터웠건만,
세상일이 절로 어지럽게 많으니
이런 것들이 내게 무슨 상관있으랴.[3]

◇　도연명(陶淵明)의 「의고(擬古) 9수」 가운데 제1수에 차운한 시이다.

鳥下平原草、蟬噪芳苑柳。
物性看感懷、出門凝睇久。
優遊逢佳趣、流峙儘良友。
杯酌非所娛、聊醲太和酒。
此心久成說、廢墜亦浪負。
願言從所歡、相期覺已厚。
世故自紛緫、於我更何有。

---

1 송나라 소옹(邵雍)의 「무명공전(无名公傳)」에 "천성적으로 술을 좋아했는데,
   일찍이 술을 명명(命名)하여 태화탕(太和湯)이라 했다." 하였다.

2 『시경』 「패풍(邶風) 격고(擊鼓)에 "죽든 살든 멀리 떨어져 있든, 그대와의
   약속 이루려고 하였네.[死生契闊 與子成說]"라고 하였는데, 주희는 『집전(集
   傳)』에서 "성설(成說)은 그 서약한 말을 이루는 것을 이른다."라고 하였다.

3 요(堯) 임금이 50년 동안 정치를 펴면서 천하가 잘 다스려졌는지 알 수가
   없어서, 미복(微服) 차림으로 큰 길에 나가보니 90세 노인이 격양가(擊壤歌)
   를 불렀다. "해가 뜨면 나가서 일하고 해가 지면 들어와 쉬네. 우물을 파서
   물을 마시고 밭을 갈아 곡식을 먹으니, 제왕의 힘이 나에게 무슨 상관있으
   랴.[日出而作 日入而息 鑿井而飲 耕田而食 帝力於我何有哉]" 이에 요 임금이
   기뻐하였다는 기사가 『열자(列子)』 「중니(仲尼)」에 실려 있다.

꿈을 기록하다 소서小序를 덧붙이다
記夢 十首○幷小序

정해년(1707) 늦봄에 내가 꿈속에서 서산(西山)[1]을 만났는데, 공이 절구 한 수를 읊고 나에게 좋은지 좋지 않은지를 물었다. 먼저 앞의 두 구(句)를 말하고 한참 뒤에야 뒤의 두 구를 말했는데, 내가 미처 대답하지 못하고 놀라서 잠을 깼다. 결구(結句) 열 자만을 기억할 뿐이지만, 듣는 사람이 눈물을 흘리게 할 만하였다. 내가 두 구절만으로는 세상에 전해질 수 없다고 여겨, 마침내 그 열 자를 모두 압운(押韻)하여 절구를 지었다.

1.

어떤 사람이 언덕에 있는[2] 듯한데
입은 옷이 어찌나 환히 밝던지.
산하가 어찌 아름답지 않으랴
천지가 어찌 드넓지 않으랴.

若有人在阿。被服何炳烺。
山河豈不美、天地豈不廣。

4.

외로운 새는 먼 물가를 가로지르고
돌아가는 기러기는 하늘 높이 나네.
오래 서성이다 내 이제 돌아가[3]
그대를 위해 그윽한 풀을 맺으리라.[4]

獨鳥橫遠渚。歸鴻拂蒼昊。
延佇吾將返、爲君結幽草。

---

1 이삼환이 「대로(大老) 신덕능(申德能) 석상(奭相)의 귀거래행(歸去來行)에 화
운하여 지은 장가(長歌)」 구절에 "왕고(王考)의 묘가 광주에 있는데, 종조(從
祖) 성호 선생(星湖先生)의 꿈에 왕고께서 나타나 '광릉의 잔디 푸르니 혼이
이르러 쓸쓸하구나.[廣陵莎草綠 魂到却蕭條]'라는 시를 지으시자 꿈에서 깨어
한 연 열 자를 운으로 삼아 절구 10수를 지었다."고 소주를 붙였다. 서산(西山)
은 성호의 중형인 섬계(剡溪) 이잠(李潛, 1660~1706)의 다른 호이다.

2 『시경』「위풍(衛風)」 고반(考槃)에 "숨어 살 집이 언덕에 있으니, 큰 선비의
마음이 넉넉하구나.[考槃在阿 碩人之薖]"라고 하였다. 산림에서 한가롭게 사
는 은자의 생활을 비유한 말이다.

3 굴원(屈原)의 「이소(離騷)」에 "길을 잘 살피지 못한 것을 후회하며, 목을 길게
빼고서 이제 돌아가려 한다.[悔相道之不察兮 延佇乎吾將反]"라고 하였다. 성
호가 이 구절을 『성호사설』 권30 「시문문(詩文門)」 이소해(離騷解)에서 이렇
게 설명하였다. "회상도(悔相道) 이하는, 굴평이 또 세상을 구제하기에 급급
하면 오히려 교왕과직(矯枉過直)하여 어쩌다 노여움을 촉발시킬까 의심되므
로, 억지로 시속을 따르는 척하여 그 일을 성취시키려 한 것이다. 그러나
경유하는 길이 난고(蘭皐)가 아니면 초구(椒丘)이기 때문에 되지 못하고 허물
에 걸린 것이다."

4 원문의 결초(結草)는 결초보은(結草報恩)의 뜻이 아니다. 성호는 『성호사설』
권30 「시문문 이소해」에서 결초의 뜻을 이렇게 설명하였다. "『자서(字書)』
에, '초(楚)나라 사람은 풀을 맺고 대가지를 꺾어 점치는 것을 정전(筵篿)이라
말한다.[字書云楚人結草折竹卜曰筵篿]'고 하였다."

8.

물 흐름이 어찌나 빠른지
그윽이 울며 산골짜기를 벗어나네.
세상만사는 본디 일정하지 않아
설명하려다 이미 말을 잊었네.[5]

水流何恩恩。幽咽響出谷。
世故固不定、欲辨已忘卻。

10.

말하면 이미 슬퍼지고
들으면 마음이 녹는 듯하네.
명발[6]의 한 움큼 눈물을
계수나무 숲[7]에 뿌리네.

言之旣云慽。聽之中如銷。
明發一掬淚、灑向叢桂條。

---

5   도연명(陶淵明)의 「음주(飮酒)」 제5수에 "이 중에 참된 뜻이 있는데, 표현하려다 벌써 말을 잊었네.[此中有眞意 欲辨已忘言]"라고 하였다.
6   『시경』「소아(小雅) 소완(小宛)」에 "날이 밝도록 잠을 못 이루고 두 분을 생각하네.[明發不寐 有懷二人]"라고 하였다. 부모를 생각하는 효심을 뜻한다.
7   『초사(楚辭)』 회남소산(淮南小山)의 「초은사(招隱士)」 첫머리에 "계수나무 우거진 그윽한 산속[桂樹叢生兮山之幽]"이라고 하였다. 세상을 피해 숨어 살 곳을 뜻한다.

名門奕奕系金枝　玉面英風瑞世宜　才命無如竆建際形

神終有死生涯莊龜塗尾　公何憾荊璧屯輝士所悲感念

先君曾愛惜當時非獨外親私

渼陰驪興李潛謹再拜痛哭　稿

성호의 중형 이잠이
생전에 다른 사람에게 지어준 만시

족손 휘조 중환이 선물을 보내왔기에
답례로 시를 부쳐 보내다
族孫輝祖重煥有惠物以詩答寄

김천의 역로¹가 구불구불 아득히 먼데

천리 밖에서 편지가 돌아와 이별을 말하네.

쓸쓸한 절에서 달 밝은 밤에 함께 구경하고

바다와 산에 봄기운 가득하면 다시 만나자 했지.

사람들은 다 땅에 선 긋고 부끄럽게도 그만두지만²

도는 본래 하늘과 같으니³ 지극히 생각해야⁴ 하리라.

진중한 선물⁵에 마음 더욱 기쁘고 즐거우니

한마디 말에서 마음이 통함을 알겠구나.

金泉驛路杳透迤。千里書回說別離。
蕭寺月明曾共賞、海山春滿重留期。
人皆畫地應羞廢、道自如天合致思。
珍重歸芙增悅豫、一言端作有心知。

◇ 휘조(輝祖)는 이중환(李重煥, 1690~1752)의 자로, 호는 청담(淸潭)·청화산
인(靑華山人)이다. 1713년 문과에 급제하여 병조정랑(정5품)까지 올랐다. 영
조 즉위 후 목호룡(睦虎龍)의 당여(黨與)로 구금되어 장기간 유배 생활을 하
였고, 풀려난 뒤에는 성호의 학풍을 이어 인문지리서인 『택리지(擇里志)』를
남겼다.

1 이중환이 1717년에 김천도 찰방(金泉道察訪, 종6품)으로 부임했다가 1719년
에 승정원 주서(注書, 정7품)로 옮겼으니, 그 사이에 지은 시이다.

2 『논어(論語)』「옹야(雍也)」에, 염구(冉求)가 "선생님의 도를 좋아하지 않는
   것은 아니지만 힘이 부족합니다." 하니, 공자가 "힘이 부족한 자는 중도에
   그만두나니, 지금 너는 선을 긋는구나." 하였다. 주희의 주(注)에 "땅에 선을
   그어서 자신을 한계 지우는 것과 같다." 하였다.

3 정이(程頤)가 "성인(聖人)의 도는 하늘과 같아서 일반 사람들의 지식과는 현
   격히 다르다." 하였다.

4 『공자가어(孔子家語)』권8「치사(致思)」에 "공자가 농산(農山)에서 유람할
   때에 사방을 돌아보고 탄식하기를, '여기에서 생각을 지극히 하면 그 생각이
   이르지 않는 곳이 없을 것이다.' 하였다.[孔子遊於農山 四望而歎曰 於此致思
   無所不至矣]"라고 하였다.

5 『시경』「패풍(邶風) 정녀(靜女)」에 "들판에서 띠 싹을 선물하니 참으로 아름
   답고 특이하구나. 띠 싹이 아름다워서가 아니라, 미인이 주었기 때문이라
   네.[自牧歸荑 洵美且異 匪女之爲美 美人之貽]" 하였다. 이후에 귀이(歸荑)가
   선물이라는 뜻으로 쓰였다.

윤유장을 보내며
送尹幼章

마음속의 사람이 뜻밖에 와주니
정신이 통해서 은연중 재촉했던 게지.
바늘 가는[1] 기술이 모자라지 않음을 참으로 아노니
어디에선들 구슬 다듬는[2] 재능이 어찌 없으랴.
밤에 촛불을 둘이나 밝혀 나누어 책을 비추고
세월 지나감에 감회가 일어 저마다 술잔 멈추었지.
백로와 제비 좇아 동서로 헤어진[3] 뒤에
이별의 심정을 응당 편지 가득 써 보내올 테지.

心內人能望外來。神交有契嘿相催。
誠知不乏磨鍼術、何處寧無琢玉才。
夜燭重懸分照卷、年華易感各停杯。
卻從勞鷰東西後、別意應書滿紙回。

◇ 유장(幼章)은 윤동규(尹東奎, 1695~1773)의 자이고, 본관은 파평(坡平), 호
  는 소남(邵南)이다. 용산에 살다가 성호의 족손 이경환의 소개를 받아 18세에
  성호의 첫 제자가 되었으며, 과거시험 공부를 그만두고 인천 남촌으로 이사
  와서 도학에만 전념하였다. 역법, 천문, 지리, 의약, 상위(象緯) 등 실용적
  학문의 수립에 힘썼으며, 성호가 세상을 떠난 뒤에 스승의 행장을 짓고 성호
  학파의 좌장으로 활동하였다.

『지승 안산군』. 오른쪽 산줄기 중간에 성호가 살던 점성동이 있고,
대로(大路) 길을 따라 왼쪽으로 가서 인천 경계를 넘으면 윤동규가 살던 남촌이 있다.

1 철저마침(鐵杵磨鍼)의 준말이다. 당나라 시인 이백이 젊었을 때, 사천성(四
   川省) 상이산(象耳山)에서 공부하다가 중도에 싫증이 나서 포기해 버렸다.
   하산하는 길에 작은 시내를 지나가다 한 할머니가 쇠로 된 절굿공이를 갈고
   있는 모습을 보고 무엇을 하는지 물었다. 할머니가 "쇠공이를 갈아서 바늘을
   만들려고 한다."고 하자, 이 말을 듣고 이백이 오던 길을 되돌아가 학문에
   정진하였다.

2 『맹자』「양혜왕 하(梁惠王下)」에 "지금 여기에 박옥(璞玉)이 있으면 비록 만
   일(萬鎰)이 들더라도 반드시 옥공(玉工)으로 하여금 조탁(彫琢)하게 하실 것
   입니다. '국가를 다스림에 있어서는 우선 네가 배운 것을 버리고 나를 따르
   라' 하신다면, 옥공으로 하여금 옥을 조탁하게 하는 것과 왜 다르게 하십니
   까.[今有璞玉於此 雖萬鎰 必使玉人彫琢之 至於治國家 則曰姑舍女所學而從我
   則何以異於教玉人彫琢玉哉]"라고 하였다. 옥을 갈고 닦듯이 학업에 정진한다
   는 말이다.

3 중국 고악부(古樂府)「동비백로가(東飛伯勞歌)」에 "동쪽으로는 백로가 날고
   서쪽으로는 제비가 난다.[東飛伯勞西飛燕]" 하였다. 이후로 노연분비(勞燕分
   飛)는 친척이나 친구 사이의 이별을 비유하는 말로 쓰였다.

윤유장이 부쳐온 시에 차운하다

和尹幼章寄來韻 二首

1.

서책을 대하여 견해 없음이 부끄러운데
세월의 재촉을 몹시 받아 부끄럽구나.
다행히도 마음에서 미미한 길 통했으니
인간 세상에서 버려진 사람됨이나 면하리라.
신고환[1]을 이루려면 저마다 노력해야지
태화탕[2]이 있으니 잔에 부어 마시세.
술 깨어보니 밤눈이 꿈결에 내려
시를 한 수 짓고 나면 고개 한 번 돌려보네.

對卷慚無見得來。愁憂强被歲華催。
幸從心上通微路、冀免人間作棄才。
辛苦丸成各努力、太和湯在且斟杯。
蘇來夜雪添魂夢、一度題詩首一回。

---

1 태화탕과 대를 이루려면 환약의 이름이어야 하는데, 확인되지 않는다. '신고
   (辛苦)하며 환약을 이루다'는 뜻으로 쓴 듯하다.
2 송나라 소옹(邵雍)의 「무명공전(无名公傳)」에 "천성적으로 술을 좋아했는데
   일찍이 술을 명명하여 태화탕(太和湯)이라 했다." 하였다.

2.

스스로 벼슬에 오를 바탕이 없진 않으나
벼슬을 기약하면 무심한 게 못 되지.
위의를 갖추어 벗들이 검속하니[3]
시어가 고아한 소리를 내는구나.

自進非無地、相期卽有心。
威儀朋友攝、詩語發高吟。

---

3 『시경』 「대아(大雅) 기취(旣醉)」에 "붕우가 검속하되 위의를 갖추어 검속하
    도다.[朋友攸攝 攝以威儀]" 하였다.

아이가 입춘 시를 지었기에 장난삼아 짓다
兒作立春詩戲題

여덟 살 아이가 입춘 시를 읊고
아비는 마흔 살에 새해를 맞이하네.
아이가 쓴 종이를 보니 글자도 제법이라
우리 집 살림에 맞춰 억지로 가난 말했네.
생계에는 별 뜻이 없음을 참으로 아노니
복 빌어 봐야 도리어 자신에게 일만 보태네.
이미 이 일을 상서로운 것으로 여겼으니
먹 갈고 붓 적시는 데 손이 절로 친숙하구나.

八歲兒詩頌立春。翁今四十老迎新。
看渠紙面能成字、效我門眉強說貧。
計活固知無別意、祈禳還見有添身。
已將玆事爲祥慶、研墨濡毫手自親。

◇　아이는 성호의 아들 맹휴(孟休, 1713~1750)이니, 1720년에 지은 시이다.

한가한 일
閒事 二首

1.

한가한 일로 나의 천수를 길게 하니
마음을 수고롭게 쓰지 않고 자연을 향유하네.
「귀거래사」를 아들 시켜 외게 하고
『참동계』 주는 스승의 전수를 얻었네.[1]
바람과 구름 달과 이슬을 모두 시로 읊고
찼다가 기우는[2] 변화를 완상하네.
도군이 참으로 자취 드러낸 지가 오래 되었구나
거문고 두면서 무엇 하러 현이 없게[3] 하였나.

優優閒事永吾年。不費心勞享自然。
歸去來辭令子誦、參同契註得師傳。
風雲月露題詩盡、消息盈虛玩物偏。
久矣陶君眞見跡、有琴何必取無絃。

---

1 주희가 『참동계』에 주를 달고, 이황도 『계몽전의(啓蒙傳疑)』의 「참동계」 편
   에서 설명하였다.

2 『주역』「박괘(剝卦) 단전(彖傳)」에, "군자가 소식(消息) 영허(盈虛)를 숭상함
  은 천도(天道)에 합치하는 것이다." 하였다. 이치는 소쇠(消衰)하고 식장(息
  長)하고 영만(盈滿)하고 허손(虛損)하니, 군자는 이 이치에 순종하여 하늘을
  섬긴다는 뜻이다. 『장자』「추수(秋水)」에 "도는 소식영허하여 끝이 나면 시
  작이 있다.[消息盈虛 終則有始]" 하였다. 음양의 기운과 계절의 순서가 순환
  한다는 말이다.
3 『송서(宋書)』권93 「도잠열전(陶潛列傳)」에 "도연명은 음률(音律)을 모르면
  서 소금(素琴) 하나를 집안에 두었는데, 줄이 없어 술기운이 얼큰하면 손으
  로 어루만져 뜻만 부쳤다." 하였다.

윤유장의 「신춘」 시에 차운하다

次尹幼章新春韻 三首

1.

어느덧 세월이 흘러 천시가 이르니
따스한 기운이 동쪽에서 이누나.
만물이 모두 분주히 움직이니
말지 않고 어찌 펼 수 있으랴
다니건 앉건 참으로 즐거우니
누군들 자기 집을 사랑하지 않으랴.[1]
유유자적하며 더불어 다투지 않으니
동식물도 저마다 제자리를 잡았구나.
꾀꼬리가 울며 서로 감응하기에[2]
지팡이 짚고 푸른 벌판을 거닐어 보네.
그리운 벗이 지금 보이지 않으니
외로이 지내며[3] 어떠하신지 묻노라.

厭厭天時至、暖律生東隅。
百物咸奔趣、不卷胡得舒。
行坐儘知樂、疇不愛其廬。
悠悠與無競、動植各定居。
嚶鳴要相感、策杖遵青蕪。
所思今不見、索居問何如。

34

2.

도는 커서 손을 대기가 어려우니
몇 사람이나 마칠 데를 알아서 마쳤는가.[4]
요순시대는 아득히 멀고
서쪽 교화는 칠융에 막혔네.[5]
저 사람이여![6] 횡목[7]의 사람이여.
입만 열면 저 잘난 척하네.
때로 봄기운 따라서 노닐고
홀로 무우의 바람을 쐬노라.[8]
태어날 때 의지할 스승[9] 잃었으니[10]
그리운 생각이 언제나 다하랴.
좋은 벗의 가르침을 빌려
옛 책에 자취를 맡겨 살아가리라.

道大難下手、幾人知終終。
唐虞世冥莫、西敎阻七戎。
彼哉橫目人、矢口自相雄。
時從春氣遊、獨挹舞雩風。
生旣失瞻依、意亦何時窮。
願借良友誨、託跡蠹書中。

---

1 도연명의 「독산해경(讀山海經)」에 "뭇 새들은 깃들 곳 있으니 즐겁고, 나도
   또한 내 집을 사랑하네.[衆鳥欣有托 吾亦愛吾廬]" 하였다.

35

2 『시경』「소아(小雅) 벌목(伐木)」에 "꾀꼴꾀꼴 꾀꼬리가 우니, 벗을 찾는 소리
로다. 저 새를 보니 미물도 벗을 찾아 우는데, 하물며 우리 사람이 벗을 찾지
않으랴.[嚶其鳴矣 求其友聲 相彼鳥矣 猶求友聲 矧伊人矣 不求友生]" 하였다.

3 『예기(禮記)』「단궁(檀弓)」에 자하(子夏)가 "내가 벗을 떠나 쓸쓸히 홀로 지
낸 지가 오래이다.[吾離群而索居 亦已久矣]"라고 하였다. 삭거(索居)는 이군
삭거(離群索居)의 준말로, 친지나 벗들과 헤어져서 혼자 외로이 사는 신세를
말한다.

4 『주역』「건괘(乾卦) 문언전(文言傳)」에서 "이를 데를 알아 이르는지라 기미
를 알 수 있고, 마칠 데를 알아 마치는지라 의리를 보존할 수 있다. 이러므로
윗자리에 있어도 교만하지 않고 아랫자리에 있어도 근심하지 않는다.[知至
至之 可與幾也 知終終之 可與存義也 是故居上位而不驕 在下位而不憂]" 하였다.

5 『묵자(墨子)』「절장(節葬)」에 "순 임금이 서쪽으로 칠융을 교화했다.[舜西教
乎七戎]" 하였다. 순 임금의 교화가 서쪽 칠융에 머물고, 바다 건너 우리나라
에 오지 못했다는 뜻이다.

6 『논어집주(論語集註)』「헌문(憲問)」에, 혹자가 공자(孔子)에게 자서(子西)에
대해 묻자, 공자가 "저 사람이여, 저 사람이여![彼哉彼哉!]"라고 대답하였다.
그 주에 "'피재(彼哉)'란 그를 도외시하는 말이다.[彼哉者 外之之詞]"라고 하
였으니, 비루하게 여겨서 경시하는 뜻을 나타낸 말이다.

7 『장자』「천지(天地)」에 "선생님은 횡목의 백성에게 뜻이 없습니까? 성인의
정치를 듣고자 합니다.[夫子無意於橫目之民乎 願聞聖治]"라고 하였다. '횡목
(橫目)'은 만물 가운데 사람만이 눈이 가로로 생겼다고 하여 사람을 가리키는
말로 쓰인다.

8 증석(曾晳)이 자신의 뜻을 말하라는 공자의 명에 따라 "늦봄에 봄옷이 이루
어지면 어른 대여섯 명, 동자 예닐곱 명과 함께 기수에 목욕하고 무우에서
바람을 쐬고 시를 읊으면서 돌아오겠습니다.[莫春者 春服旣成 冠者五六人 童
子六七人 浴乎沂 風乎舞雩 詠而歸]"라고 하였다.

9 『시경』「소반(小弁)」에 "눈에 뜨이나니 아버님이요, 마음에 그리나니 어머님
일세.[靡瞻匪父 靡依匪母]"라고 하였다. '첨의(瞻依)'는 항상 바라보고 의지한
다는 뜻으로, 부모나 스승에 대한 경의를 나타내는 말이다.

10 성인과 같은 시대에 태어나지 못해 만날 수 없었음을 가리킨다.

아들 맹휴가 아홉 살인데 기삼백朞三百의 주를 계산하게 했더니 분명히 뜻을 알기에 이 시를 읊어 기쁨을 적는다

兒子孟休九歲敎之數朞三百註了了解意賦此識喜 二首

1.

심오하구나! 기삼백이여.

추산하면 수가 천만으로 불어나네.

아홉 살에 그 뜻을 환히 알다니

장래에 성취가 크지 않으랴.

奧矣朞三百、推之數萬千。

九齡能了解、來者詎徒然。

───────

◇ 『서경』 「요전(堯典)」에 "제요(帝堯)가 말하기를 '아! 너희 희씨(羲氏)와 화씨(和氏)야. 기(朞)는 366일이니 윤달을 두어야 사시를 정하여 한 해를 이룬다.' 하였다.[帝曰 咨 汝羲暨和 朞三百有六旬有六日 以閏月定四時 成歲]"는 구절에 '기삼백(朞三百)'이 처음 보인다. 그 주에서 역법(曆法)을 설명하였는데, 서경덕이 14세 때 『서경』을 배우다가 기삼백에 나오는 태음력(太陰曆)의 수학적 계산인 일(日), 월(月)의 운행 도수에 의문이 생기자, 15일 동안을 궁리하여 스스로 깨우쳤다.

성호가 지은 「망자(亡子) 정랑 행록」에 "(맹휴가) 9세에 산수(算數)를 배웠다. 더러 산가지를 치우고 속으로 계산하였는데, 암산한 것이 모두 맞았다. 『서경』 「요전(堯典)」의 '1년은 366일인데, 19년에 7번 윤달을 두면 기영(氣盈), 삭허(朔虛)가 분한(分限)이 남거나 부족함이 없이 고르게 되니, 이를 1장(章)이라 한다.'라는 부분을 가르쳤는데, 하루 만에 모두 깨우쳤다."고 하였다.

2.

기영과 삭회[1]는 남고 모자람이 없건만
전인들이 혹 그 뜻을 몰랐네.
육고[2]의 방법이 분명하니
하나하나 계산해 봐도 모두 들어맞네.

氣朔無餘欠、前人意或迷。
分明六觚術、一一數來齊。

---

1 해가 하늘과 만나는 주기는 360일보다 많은데 이 많은 기한을 기영(氣盈)이
  라 한다. 달이 해와 만나는 주기는 360일보다 적은데 이 적은 기한을 삭허(朔
  虛)라고 한다. 기영과 삭허를 합쳐 윤달을 설정한다.
2 『성호사설』권6 「만물문(萬物門) 육고(六觚)」에 "산(算)은 육고로 법을 삼는
  다. 한지(漢志)에, '숫대는 대나무로 만드는데 직경은 1분(分), 길이는 여섯
  치로 한다. 2백 71매(枚)를 육고라고 하는데, 손에 쥐면 한줌 밖에 되지 않는
  다.'고 하였다." 하였다. 성호가 말한 '한지'는 『한서(漢書)』권21상 「율력지
  상(律曆志上)」을 가리킨다.

사람을 기다리며

候人 三首

1.

기약이 없어도 안 되지만
기약 있으니 기다리기 힘들구나.
그대는 아마도 마음이 바쁘겠지만
석양이 질 때까지 보고 섰다네.

無期旣不可、有期候卻難。
忙心君必有、看到夕陽殘。

2.

기다림이 오래니 마음 지치고
시간이 지나가니 성까지 나네.
매화를 보며[1] 원근을 점쳐보니
아직도 그대는 오는 도중이구나.

望久心還倦、時移輒生嗔。
觀梅驗遠近、猶是在途身。

---

1   관매(觀梅)는 송나라 소옹(邵雍)이 지었다는 서법(筮法), 즉 매화수(梅花數)
를 가리킨다. 임의로 한 글자의 획수(畫數)를 취하여 8획을 제하고 남은 수로
괘(卦)를 얻고, 또 한 글자의 획수를 취하여 6획을 제하고 남은 수로 효(爻)를
얻은 다음, 역리(易理)에 의거하여 그 길흉(吉凶)을 판단하는 것인데, 이 점
이 기묘하게 잘 맞았다고 한다.

윤유장이 부쳐 온 시에 화운하다
和尹幼章寄來韻

나무꾼만 사는 빈 산에 잉어 한 쌍¹을 보내오니
좋은 바람이 강호의 하늘로 불어 들었구나.
봉함을 열자 십 년 전 일이 생각나네
소매를 잡고 다정하게 얘기하며 다녔지.
사귐이란 서로 뜻이 맞는 게 중요한 법
그 밖에 자잘한 것이야 덧없는 연기 같네.
내 벗이 고상한 뜻을 품고서
소매 속에 경서 가지고 독실히 공부함을 보리라.
자주 이야기하여 나의 어리석음 깨우치니
마음으로 즐겁지 않으면 누가 이럴 수 있으랴.
나의 견해가 일상적인 틀에 떨어지지 않게 해 주니
지척의 관문에서 범인과 선인이 나누어지네.²
승황³이 길에서 힘차게 달리길 기다려
나도 뒤에서 느린 말 타고 채찍질하리라.

---

1 악부시 「음마장성굴행(飮馬長城窟行)」에 "손님이 멀리서 와서 나에게 잉어
   두 마리를 주었네. 아이 불러 삶게 했더니 그 속에 편지가 있네.[客從遠方來
   遺我雙鯉魚 呼兒烹鯉魚 中有尺素書]"라고 하였다. 그 뒤부터 잉어 한 쌍[雙鯉]
   이 편지를 뜻하는 말로 쓰였다.
2 송나라 소옹(邵雍)의 「과온기공현재오비승(過溫寄鞏縣宰吳祕丞)」에 "지척에
   서 서로 보면서도 범인과 선인 사이 막혔으니, 모시고 함께 석 달 동안 노닐
   지 못하네.[相望咫尺凡仙隔 不得同陪三月遊]"하였다.

요즘 만나지 못해 그대 사는 바닷가 생각나니
꿈속에서는 산천이 막힌 줄도 알지 못하겠구나.
마음속에 좋아하는 사람을 어찌 잊으랴
밤낮 도도하게 흘러가는 물과 같으니.
진중한 시통(詩筒)을 보내도록 서로 노력하세나
그대에게 다시금 구우편[4]을 지어 보내노라.

樵牧空山雙鯉傳、好風吹入江湖天。
開緘卻憶十年事、奉袂從容與周旋。
自是交驩貴相得、餘外紛紛等浮煙。
行看吾友抱高尙、袖中經卷加功專。
頻開話柄發人蒙、苟非心樂疇能然。
不敎知見落科臼、咫尺關限分凡仙。
乘黃在道待奮蹄、後駕駑駘吾且鞭。
間者濶焉思中渚、夢魂不道阻山川。
中心願好何可忘、日夜滔滔走源泉。
珍重詩筒各勉力、爲君更賦求友篇。

---

3 비황(飛黃)이라는 신마(神馬)의 이름이 『회남자(淮南子)』 「남명훈(覽冥訓)」
   에 나오는데, 고유(高誘)의 주에 "서방에서 나고 모양은 여우와 같으며, 등
   위에 뿔이 있고 (이 말을 타면) 천년을 산다.[出西方 狀如狐 背上有角 壽千歲]"
   고 하였다. 비황을 승황이라고도 한다.
4 『시경』 「소아(小雅)」 벌목(伐木)에 "꾀꼴꾀꼴 꾀꼬리가 우니, 벗을 찾는 소리
   로다. 저 새도 벗을 찾아 우는데, 하물며 사람이 벗을 찾지 않는단 말인가.
   [嚶其鳴矣 求其友聲 相彼鳥矣 猶求友聲 矧伊人矣 不求友生]" 한 데서 '구기우성
   (求其友聲)' 가운데 두 글자를 따온 말인데, 여기서는 성호가 윤동규에게 화
   운한 이 시를 가리킨다.

불이 나다
失火

실화[1]가 재앙이 되어 요원의 불길 같았는데
마을 사람들 도움으로 곧바로 껐네.
작은 일로 큰 일을 경계하니 어찌 다행이 아니랴
타다 남은 책들을 수습했으니 또한 기쁘구나.

回祿爲災若燎原。登時撲滅賴鄉邨。
小懲大戒焉知幸、收拾殘書也自欣。

---

1 회록(回祿)은 전설상의 불귀신인 오회(吳回)와 육종(陸終)을 말한다. 옛날의
   제왕 전욱(顓頊)의 손자와 그 아우 오회, 아들 육종이 뒤를 이어 화정(火正)이
   되었는데, 세 사람 모두 직무에 충실하고 공명정대하여 화신(火神)으로 섬겼
   다. 회록은 오회와 육종을 줄인 말이므로 '회륙(回陸)'이라 해야 하는데, '륙
   (陸)'과 '록(祿)'은 음이 서로 통하여 '회록'으로 관례화되었다. 화재를 '회록지
   재(回祿之災)'라고 한다.

족질 국서 정휴 등 여러 사람과 함께 시를 읊으며 고시에 차운하다

與族姪國瑞禎休諸人同賦次古韻

한 골짜기에 깃들어 생계 경영을 쉬니

꽃과 대에만 마음이 가 기색이 맑구나.

오는 사람은 여전히 구우[1]라 말하나니

신발 끌며 부르는 노래가 상성[2]인 줄 누가 알랴.

벼루와 붓의 일은 이제 찾을 것이요

시례의 공부는 전해 주어서[3] 이루게 하리라.

사흘 머물며 십 년 이야기를 했으니

이 마음[4]이 그대들을 기다려 밝아졌네.

棲遲一壑息營生。花竹關情氣色淸。

道是來人仍舊雨、誰知曳履亦商聲。

硏毫業在行須覓、詩禮功傳乞與成。

三日淹留十年話、寸心元自待君明。

◇　국서(國瑞)는 안산에 살던 재종질 이정휴(李禎休, 1673~1749)의 자로, 1710
년 생원시에 합격하였다. 그가 세상을 떠나자 성호가 제문을 지었는데, "나
는 공과 같은 종족(宗族)으로 같은 마을에 살았고 학업도 함께하였다."고
회상하였다. 그의 아들 이경환(李景煥, 1696~?)이 친구 윤동규를 성호에게
소개하여 첫 제자가 되게 하였다.

1　두보(杜甫)의 시 「추술(秋述)」 소서(小序)에서 "평소 찾아오던 사람들이 옛날
에는 비가 와도 오더니 지금은 비가 오면 오지 않는다.[常時車馬之客 舊雨來
今雨不來]"한 데서 온 말로, 오랜 친구를 뜻한다.

2 『장자』「양왕(讓王)」에 증자가 위(衛)나라에서 세속의 이해득실(利害得失)을
   잊고 가난하게 살아가는 행색을 묘사하면서 "뒤축 터진 신발을 질질 끌며
   상송(商頌)을 노래하면 노랫소리가 마치 금속 악기와 석제(石製) 악기를 연
   주하는 것처럼 맑게 울려 천지에 가득 찼다.[曳縰而歌商頌 聲滿天地 若出金
   石]"고 하였다.

3 공자가 뜨락에 혼자 서 있을 때 아들 백어(伯魚)가 지나가자 그를 멈춰 세우
   고는, "시를 배우지 않으면 제대로 말을 할 수가 없고, 예를 배우지 않으면
   제대로 행동할 수가 없다.[不學詩 無以言 不學禮 無以立]"고 가르친 고사가
   『논어』「계씨(季氏)」에 나온다.

4 주희가 『대학혹문(大學或問)』에서 "그칠 곳을 알 수 있으면 방촌의 사이에
   각각의 사물들이 다 정해진 이치가 있게 될 것이다. 이치가 이미 정해짐이
   있으면 그 마음을 동하지 않아 고요하게 된다.[能知所止 則方寸之間 事事物物
   皆有定理矣 理既有定 則無以動其心而能靜矣]"라고 하였다. '방촌의 사이[方寸
   之間]'란 가슴 속의 사방 한 치 되는 사이[方寸間]에 마음이 있다고 여겼던
   데서 온 말로, 마음을 가리킨다. 방촌심(方寸心)이라고도 한다.

벼를 볶아 튀밥을 만드니 떨어진 매화 꽃잎 같기에 장난삼아 아이들과 시를 읊다
熬稻作糤正類落梅戲與兒輩賦之

처음에는 우르릉 우레가 우는 소리 들리더니
다시 여기저기 허공에 날리는 싸락눈이 보이네.
나부산(羅浮山)¹에 한창 봄빛이 저물어갈 적에
젓대 소리 속에 곱게 바람에 떨어지는 듯.²

初聞隱隱雷鳴地、更見紛紛雹散空。
正耐羅敷春色晚、嫣然吹落篴中風。

---

1 소식(蘇軾)의「송풍정하매화성개재용전운(松風亭下梅花盛開再用前韻)」에 "나
   부산 아래 매화촌에는, 흰 눈으로 뼈를 이루고 얼음으로 넋을 이루었네.[羅
   浮山下梅花村 玉雪爲骨氷爲魂]" 하였다. 나부산은 중국 광동성(廣東省) 증성
   현(增城縣)에 있는데, 이 산에는 매화가 많아서 '나부매(羅浮梅)'라는 말이
   생겼다.
2 이백(李白)의「여사랑중흠청황학루상취적(與史郎中欽聽黃鶴樓上吹笛)」에 "황
   학루 위에서 옥 젓대를 부니, 강성 오월에 매화가 떨어지는구나.[黃鶴樓上吹
   玉笛 江城五月落梅花]" 하였는데, 튀밥이 튀겨져 흩어지는 모습을 형용한 것
   이다.

선달 그믐밤

除夜 二首

1.

아이들이 자라는 것을 보니
내가 늙은 걸 미뤄 알겠네.
선달 그믐밤 모임이야 실컷 보아 왔건만
남들은 즐거운데 나 홀로 서글프구나.

看見兒童長、推知我朽衰。
慣經除夕會、衆樂獨含悲。

2.

열다섯 살이면 장정이 되는데
내 나이 이제 세 곱절이 지났구나.
늦둥이 아이[1]가 차츰 자라니
그나마 나의 회포 달랠 만해라.

十五成丁壯。年今倍過三。
晚生兒漸大、聊以慰懷堪。

---

1 성호의 아들 맹휴(孟休)는 성호가 33세에 태어났다. 성호는 47세에 선공감
  (繕工監) 가감역(假監役)에 제수되자 상경했다가 그날로 돌아왔으며, 이후
  안산의 성호장(星湖庄)에 은거하였다. 아마도 이 전후에 지은 시인 듯하다.

아들의 시에 차운하다

次兒子韻 二首

2.

명리를 구하는 일에 관심이 없으면
인생에서 가장 한가한 경지를 차지하리라.
십 년 동안 세월 밖을 노닐었건만
삼경이면 달은 자리 한가운데 이르네.
세상 속에는 눈길 둘 데 응당 없으리니
천하에 자취 감출 곳은 절로 산일세.
도연명처럼 쉬엄쉬엄 즐기며 다니다 보니[1]
보금자리 돌아갈 줄 아는 새[2]가 좋은 볼거리였네.

求名求利等非關。占得人生第一閒。
十載神遊方內外、三更月到座中間。
寰中著眼應無地、天下藏蹤自有山。
試貌淵明流憩興、奇觀先在鳥知還。

1 　도연명(陶淵明)의 「귀거래사」에 "지팡이로 늙은 몸 부축하여 쉬엄쉬엄 다
　　니다가, 때로 머리를 들어 멀리 바라본다.[策扶老以流憩 時矯首而遐觀]"하
　　였다.
2 　도연명의 「귀거래사」에 "구름은 무심히 산봉우리에서 나오고, 새는 날다 지
　　쳐 보금자리로 돌아갈 줄 아누나.[雲無心以出岫 鳥倦飛而知還]"하였다.

꽃을 구경하며 옛시에 차운하다
賞花次古韻 三首

1.

만사가 이 가운데 다 사라지니[1]
한 번 얘기하고 한 번 웃으며 함께 어울리네.
때로 손님이 찾아오면 고적함을 달랠 만하니
경치 좋은 곳에 산이 높아 저 허공에 꽂혔네.
흐르는 세월에 머리털은 눈처럼 희고
미미한 술 힘에 뺨은 홍조를 띠었네.
꽃구경[2]이 좋다고 말하지 않는 이 없으니
아홉 갈래 꽃나무 길에 바람을 쏘이네.

萬事消磨向此中。一談一笑與和同。
有時客到羸排寂、佳處山高逈揷空。
冉冉年光頭雪白、微微酒力頰潮紅。
無人不道花荒好、且挹三三遝上風。

---

1   구양수(歐陽脩)의 「퇴거술회기북경한시중(退居述懷寄北京韓侍中) 2수」 중
    첫째 수에 "일생 동안 부지런히 고생한 것은 책 천 권이요, 만사가 다 사그라
    져 없어지는 것은 술 백분일세.[一生勤苦書千卷 萬事消磨酒百分]" 하였다.
2   송나라 양만리(楊萬里)의 「자찬(自贊)」에 "가을에는 월황을 하고 봄에는 화
    황을 한다.[秋作月荒 春作花荒]" 하였다. 월황은 달구경이고, 화황은 꽃구경
    이다.

우연히 짓다

2.

집안에서 하는 일만도 넉넉하니
한 조각 뜬구름처럼 세상 인연 공허하구나.
관혼상제는 『가례』를 존중하고
춘하추동은 책력에서 점검하네.
참된 아취가 마음에 맞아 자득하였으니[1]
게으른 잠 깨우지 않고 느긋하게 즐기네.[2]
몸 헤아리고 식구를 세어 생계를 꾸리니
아내는 실을 잣고 종은 호미를 쥐었네.

門內施爲事有餘、浮雲一片世緣虛。
冠昏喪祭尊家禮、春夏秋冬撿曆書。
眞趣會心還得得、懶眠無攪或蘧蘧。
度身計口全生術、妻執盆繰僕把鉏。

---

1 『장자』「변무(騈拇)」에 "자기는 보지 못하고 남만 보며 자기는 얻지 못하고
  남만 얻은 자는 남의 얻음을 얻은 것이지, 자기의 얻음을 얻은 것이 아니다.
  [夫不自見而見彼 不自得而得彼者 是得人之得而不自得其得者也]"하였다.
2 『장자』「제물론(齊物論)」에 "장주가 꿈에 나비가 되어 훨훨 나는 나비였는데
  … 얼마 뒤에 깨어 보니 유연히 자득한 장주였다.[莊周 夢爲胡蝶 栩栩然胡蝶
  也 … 俄然覺 則蘧蘧然周也]"하였다.

족질 성긍이 대빗자루를 준 데 사례하다
謝族姪聖肯_{堂休}惠竹帚

시원스러운 대빗자루를 이렇게 부쳐 왔으니
푸른 옥 한 다발을 단단히 잘 묶었구나.
이미 아시겠지. 산문에서 지팡이 짚고 신 신고서
자네 위해서 떨어진 꽃잎을 거듭 쓸고 있으리란 것을.

颸颸竹帚寄將來。整束琅玕綠一圍。
也識山門便杖屨、爲君重掃落花開。

◇ 이름은 당휴(堂休)이다. (원주)

족손 행보에게 부치다
寄族孫行甫景煥

자네가 가서 상유¹에 오른다 하니
상유의 빼어난 경치를 응당 구경해야 하네.
긴 강물에서 뱃전 두드리면 맑은 달빛 흔들리고
신선 골짜기에 꽃 심으면 꽃잎이 물결에 떠가리라.
예로부터 인정은 눈길 두는 데가 많은 법인데
사람들은 지금 우리 도에서 머리를 돌려 멀리하네.
복령과 지초를 캐고 캐서 누구에게 줄거나
산골짜기에 점잖게 은거한 이를 찾노라.

聞說君行上上游。上游形勝合深求。
長洲叩枻晴搖月、仙峽栽花落遍流。
自古人情多著眼、卽今吾道付回頭。
苓芝採採堪誰贈、爲問中阿偃蹇留。

◇ 이름은 경환(景煥)이다. (원주)
　행보(行甫)는 이정휴(李禎休)의 아들인 이경환(李景煥, 1696~?)의 자이니,
성호의 족손이다. 1721년에 증광(增廣) 생원시에 합격하였다. 성호의 제자
로, 소남 윤동규를 성호에게 처음 소개한 친구이다.
1　『사기』 권7「항우본기(項羽本紀)」에 "옛날의 제왕은 땅이 사방 백 리 크기인
데 반드시 상유에 거주했다."하였으니, 상유(上游)는 요충지를 뜻한다.

감향주
甘香酒

새로 서둘러 빚은 술이 주보(酒譜)¹에 맞으니
좋은 명주임을 술 익을 때부터 알아보았네.
쟁반에 올라오자 처음엔 난초향인가 의아하다가
입에 들어와서는 밀비²를 씹었는가 몹시 놀랐네.
유가의 천일취³도 필요 없으니
서왕모의 구하치⁴라 자랑할 만하구나.
『주관』의 오제⁵는 변별해야 하니
원액과 지게미가 서로 어울려야 맛이 가장 좋다네.

新釀催成案譜宜。芳名可驗醲醅時。
登柈始訝聞蘭馥、入口偏驚嚼蜜脾。
不用劉家千日醉、堪誇王母九霞巵。
周官五齊行須辨、汁滓相將味最奇。

---

1 술의 종류와 이름을 기록한 책을 말한다. 당나라 왕적(王績, 590~644)의
   자는 무공(無功), 호는 동고자(東皐子)인데, 성품이 호방하고 술 다섯 말을
   마실 수 있었다 하여 「오두선생전(五斗先生傳)」을 지었고, 술을 몹시 좋아하
   여 두강(杜康)과 의적(儀狄) 이래 애주가들을 모아 『취향기(醉鄕記)』라는 주
   보(酒譜)를 저술하였다. 사람들이 두주학사(斗酒學士)라고 불렀다.
2 꿀벌이 꿀을 저장하는 방인데, 그 모양이 비장(脾臟)과 같이 생겼다 하여
   이렇게 부른다.

53

3 진(晉)나라 장화(張華)의 『박물지(博物志)』에 유현석(劉玄石)이 천 일 취한
   이야기가 실려 있다. 유현석이 중산의 주가(酒家)에서 술을 사서 마시고 취
   해 잠들었다가 깨어나지 못하자, 집안사람들은 죽은 줄 알고 그를 가매장했
   다. 천 일이 지났을 때에 그 술집 주인이 찾아와서 관을 여니 그제야 유현석
   이 술에서 깨어났다. 그래서 사람들이 "현석이 술을 마시고 한 번 취해 천
   일이 지나갔다.[玄石飮酒 一醉千日]" 하였다. 중산(中山) 사람 적희(狄希)가
   천일주(千日酒)라는 술을 만들었는데 이 술을 마시면 취해 천 일 동안 잠든다
   고 한다.

4 당나라 허작(許碏)의 「취음(醉吟)」에 "낭원의 꽃 앞이 바로 취향인데, 잘못하
   여 왕모의 구하상을 엎었구나.[閬苑花前是醉鄕 誤翻王母九霞觴]" 하였다. 서
   왕모(西王母)는 요지(瑤池)에 산다는 선녀이고, 구하치(九霞卮)는 구하상과
   같은 말로 서왕모의 신선주가 담긴 술잔이다.

5 『주관』은 『주례(周禮)』를 가리키고, 오제(五齊)는 종묘(宗廟) 등의 대제(大
   祭)에 사용하는 다섯 가지 술이다. 범제(泛齊)는 지게미가 둥둥 떠 있는 술이
   고, 예제(醴齊)는 지게미를 거르지 않은 술이고, 앙제(盎齊)는 탁주이고, 제
   제(緹齊)는 지게미가 밑에 가라앉아 있고 빛깔이 붉은 술이고, 침제(沈齊)는
   탁주와 청주가 반씩 섞여 있는 술이다. 대제에서는 질박함을 숭상하여 지게
   미를 제거하지 않고 맛이 없는 술을 첫째로 친다.

「도곡桃谷 팔경八景」에 차운하다

次桃谷八景韻

1. 도저[1]의 맑은 봄[桃渚晴春]

가랑비가 꽃 피라고 붉은 꽃잎에 떨어지더니
이윽고 골짜기에 떨기로 핀 꽃이 보이는구나.
신선의 도원(桃源)을 굳이 고깃배로 찾을 것 없으니[2]
봄 마음을 이끌어서 일맥이 서로 통하네.

小雨催花點注紅。俄看洞壑簇成叢。
仙源未必漁舟覓、句引春心一脈通。

◇ 『성호전집』 제3권에 실린 「아곡 팔경 시에 차운하다[次鵝谷八景韻]」에는 아
  차산의 새벽안개[峨嵯曙霧], 관악산의 묵은 구름[冠岳宿雲], 밤섬의 푸른 초
  원[栗島靑蕪], 마포의 돌아오는 돛단배[麻浦歸帆], 약봉의 붉은 노을[藥峯殘
  照], 부령의 밝은 달[鮒嶺霽月], 도곡의 안개 낀 숲[桃谷霧樹], 목멱산의 저녁
  봉화[木覓夕烽] 등의 팔경을 읊었다. 이 가운데 「도곡의 안개 낀 숲[桃谷霧樹]」
  을 비롯해 서너 개가 겹치니, 도곡과 아곡은 한강 주변에서 마주보던 지역인
  듯하다.
1 도저동은 남대문 밖에 있던 동네로, 지금의 서울역 일대이다.
2 무릉(武陵)의 어부가 시냇물에 떠내려 오는 복사꽃을 따라 거슬러 올라가다
  가 선경(仙境)을 찾아냈던 이야기가 도연명의 「도화원기(桃花源記)」에 실려
  있다.

2. 풍암의 늦가을[楓巖晩秋]

가을 들어 얼굴을 펴게 하는 것이 무엇이던가
붉게 취한 단풍 빛이 좌중에 비치어 드네.
바위 머리 바위 배를 솜씨 좋게 단장하니
하룻밤 맑은 서리에 나뭇잎들이 물드네.

何物秋來爲解顔。酣楓色暎座中間。
巖頭巖腹工粧點、一夜淸霜衆葉斑

3. 왕궁의 새벽 종소리[禁城曉鍾]

다시금 달 재촉해 화살처럼 떨어지게 하니
새벽빛이 푸른 나무 앞에 곱게 비치는구나.
종소리를 흔들어 연이어 보내와서
은낭³ 가에 남은 꿈을 거두어 돌아가네.

更催月墜箭離絃。曙色葱朧碧樹前。
搖蕩鍾聲來續續、收回殘夢隱囊邊。

---

3 피곤할 때 옆으로 기댄 채 쉴 수 있도록 만든 물건으로, 솜같이 부드러운
   재질로 속을 채웠다.

4. 시정의 저녁 연기[閭井暮煙]

아름답고 휘황한 고을이 절로 있으니
누구의 집이 석양의 누각에[4] 속절없이 기대었나.
비늘처럼 즐비한 만호(萬戶)의 시정을 연기가 감싸니
푸르스름한 기운이 바람 머금어 기와가 날아갈 듯해라.

佳麗輝煌自有州。誰家徒倚夕陽樓。
煙籠萬井魚鱗錯、淺碧含風瓦欲飛。

5. 약현[5]의 낙조[藥峴落照]

서창 가에 기대어 해가 비치도록 누웠노라니
근래에 참된 뜻 얻어 말을 잊었네.[6]
외로이 시 읊으니 맑은 햇살 짧아 아쉬운데
사리를 아는 듯 가벼운 구름이 해를 삼키지 않네.

佳麗輝煌自有州。誰家徒倚夕陽樓。
煙籠萬井魚鱗錯、淺碧含風瓦欲飛。

---

4 건덕방(建德坊, 현재의 종로구 이화동)에 있던 인평대군의 집에 석양루(夕陽樓)가 있었는데, 도저동에서는 보이지 않는다. 원문의 석양루는 고유명사가 아닌 듯하다.
5 지금의 서울시 중구 중림동(中林洞)에 위치한 고개인데, 만리동(萬里洞) 입구에서 충정로(忠正路) 3가로 넘어가는 길목이다. 우리나라 최초의 서양식 서당인 약현성당이 세워져 있다.
6 『장자』 「외물(外物)」에 "말은 그 목적이 뜻에 있는 것이니, 뜻을 얻으면 말을 잊는다.[言者所以在意 得意而忘言]" 하였다.

6. 노량진의 먼 돛단배[露湖遠帆]

일렁이는 푸른 봄 물결이 호수에 가득 넘쳐
석양의 돛 그림자가 나무 끝에 외롭구나.
흐릿한 먹물 빛이 병풍에 어려 비치니
노니는 사람인지 술꾼인지 묻지를 마소.

漾漾春波綠漲湖。斜陽帆影樹梢孤。
依然淡墨屛中見、莫問遊人與酒徒。

7. 남산의 푸른 이내[南山翠嵐]

햇살 어린 맑은 이내가 산봉우리를 덮어
해 저물자 발을 걷고 첩첩 산을 마주 보네.
이따금 산새가 찾아와 지저귀고
푸른 산 기운도 그윽한 난간에 드네.

晴曛嵐氣羃巑岏。晚日鈎簾對疊巒。
時見山禽來故故、帶將蒼翠入幽欄。

8.

북당 섬돌에서 장수하여 폐퇴함을 면했고[7]
동쪽 울타리에 사람 떠나자 다른 식물을 옮겨 심었네.
남산을 그야말로 물끄러미 바라보면서[8]
심양에서 술 보내오기를[9] 기다리네.

北砌藏修免廢頹。東籬人去物移栽。
南山正是悠然見、會待潯陽送酒杯。

---

7 당나라 저광희(儲光羲)의 「신풍주인(新豊主人)」에 "신풍 주인의 새 술이 익으
   니, 구객이 돌아와 구당에 머무네. 술잔 가득 향기로운 북당 섬돌의 꽃이요,
   술동이 가득 비치는 남헌의 대나무로다.[新豊主人新酒熟 舊客還歸舊堂宿 滿
   酌香含北砌花 盈尊色泛南軒竹]" 하였다. 장수(藏修)는 『예기』 「학기(學記)」에
   서 나온 말로 은거하여 학문에 전념함을 뜻한다.
8 도연명(陶淵明)의 「잡시(雜詩)」에 "동쪽 울타리 밑에서 국화를 따다가, 물끄
   러미 남산을 보네.[採菊東籬下 悠然見南山]" 하였다.
9 심양에 살던 도연명이 중구절(重九節)에 술이 없어 울 밑의 국화꽃만 한 움큼
   따서 쥐고 있었는데, 강주자사(江州刺史) 왕홍(王弘)이 흰 옷 입은 사자를
   시켜 술을 보내왔다.

중휘의 시에 차운하다
次仲暉

가는 곳마다 어른 아이 불러 모아
잔치자리에[1] 해학과 웃음이 흐더분하네.
주례[2]에 마음을 두어 다투어 술을 더하고
시인이 되려 용맹 뽐내며[3] 아무도 물러서지 않네.
집안 가득 즐거운 청담으로 긴 하루 보내노라니
여덟 창[4]의 온화한 기운에 맑은 구름 머무네.
여러분들이 내 어린 자식의 시구에 화답하니
편마다 찬연하여 모두 문채가 있구나.

到處冠童喚作羣。初筵詼笑正紛紛。
留心酒禮爭添○、賈勇詩家莫退軍。
一室淸歡消永日、八囱和氣逗晴雲。
諸公欲和癡兒句、篇簡彬彬總有文。

◇ 중휘(仲暉)는 성호의 재종질 이귀휴(李龜休, 1675~?)의 자로, 당명(堂名)은
희선재(希善齋)이다. 1727년에 문과에 급제하였다.
1 『시경(詩經)』소아(小雅)「빈지초연(賓之初筵)」에 "손님들이 잔치에 처음 모
이니, 좌우로 앉은 모습 가지런하네.[賓之初筵 左右秩秩]" 하였다. 이후 초연
은 술자리, 잔치자리라는 뜻으로 쓰였다.

2 부모에게 효도하면서 어른에게 공순하지 않는 자는 있지만, 어른에게 공순하면서 부모에게 불효하는 자는 없다. 『예기(禮記)』「경해(經解)」에 "향음주(鄕飮酒)의 예가 폐해지면 장유(長幼)의 질서가 없어져서 싸우고 송사하는 일이 많아질 것이다." 하였다. 군자는 처음을 삼가서 먼저 향당(鄕黨)의 예부터 거행하므로, 사람들이 날로 자신도 모르게 착해져서 죄를 짓지 않는다. 이 예를 후세에도 혹 행하기는 하나 그 명칭만 가지고 있을 뿐이고 그 진실을 힘쓰지 않으며, 몇 년 만에나 한 번씩 거행하고 마니, 어찌 효험이 있겠는가? 옛날 횡거(橫渠)가 운암 현령(雲巖縣令)으로 있을 때, 매월 초하룻날이면 주식(酒食)을 준비한 다음 그 고을에 나이 많은 사람들을 불러 현정(縣庭)에 모아 놓고 친히 술과 음식을 권하여, 사람들로 하여금 늙은이를 봉양하고 어른을 섬기는 의(義)를 알게 하였으며, 이어서 백성의 질고(疾苦)를 묻고 또 자제(子弟)들을 훈계하는 의를 말해 주었으니, 이것이 가장 본받을 만한 일이다.

사람들이 흔히 비용이 드는 것을 걱정한다. 그러나 『예기』 향음주의(鄕飮酒義)에 의하면, 60세는 세 접시, 70세는 네 접시, 80세는 다섯 접시, 90세는 여섯 접시를 공양(供養)한다고 하였으나, 여기에서 삭감할 수는 있지만 더할 수는 없다. 혹 사람이 너무 많으면 그 중에 가장 존장자(尊長者)만 골라서 하고, 혹 여러 고을을 교대해 가면서 하는 것도 안 될 바 없으니, 이렇게 대략 의식을 정하기를 헌수(獻酬)하는 예와 같이하여 하정(下情)으로 하여금 위에 알리게 한다면 어찌 도움이 적다고 하겠는가? 이런 일을 하기가 번잡하기 때문에 사람들이 행하기 어려움을 걱정한다. 나라에서 친경(親耕)하는 것도 몇 대 만에 한 번씩 하니, 무슨 이익이 있겠는가?

나는, 나라에서 경비를 대략 계산해 주어 각 고을에서 다 시행하게 한다면 이것이 바로 풍화(風化)의 일단(一端)이 되리라고 생각한다. 내가 늘 향례(鄕禮)를 별도로 지어서 번거로운 것은 삭제하고 간편하게 만들어 시행하기 쉽게 하려고 하고 있지만 아직 여가를 얻지 못하였다. ─ 이익 『성호사설』 권7 「향음주례(鄕飮酒禮)」

3 춘추시대 제(齊)나라 고고(高固)가 진(晉)나라 군진(軍陣)으로 돌진하여 혼자서 싸우다가 자기 진영으로 돌아온 뒤에 "용기가 필요하다면 나의 남은 용기를 사 가라.[欲勇者 賈余餘勇]"라고 외쳤다.

4 당나라 노륜(盧綸)이 양덕종을 송별한 「부득팽조루송양덕종귀서주막(賦得彭祖樓送楊德宗歸徐州幕)」에 "네 방문과 여덟 창이 환하니, 영롱해 하늘에 가깝구나.[四戶八窗明 玲瓏逼上淸]" 하였다.

종회에서 가집家集의 시에 차운하다
宗會次家集韻

우연히 진솔회¹를 만드니
담소하는 사이에 정이 드러나네.
기미는 전국술² 같아 사람을 취하게 하고³
풍류는 옥산이 환히 비치네.
고가에 아직도 풍속이 남아
교목⁴에 갑작스레 생기가 도네.
한 해 내내 즐거움이 있으니
늘그막에 마음이 한가해지네.

偶成眞率會。情見笑語間。
氣味釅醇酒、風流皎玉山。
故家猶有俗、喬木頓生顔。
鎭歲歡娛在、年衰意轉閒。

------

1   송나라 사마광(司馬光)이 벼슬을 그만두고 낙양에 있으면서 고로(故老)들과
    만든 모임인데, 술은 다섯 순배 이상을 돌리지 못하고 음식은 다섯 가지 이상
    을 넘지 못하도록 하였다. 성호는 더 단출하게 삼두회(三豆會)를 만들었다.
2   순주(醇酒)는 양조(釀造)한 다음에 물을 타지 않고 곧바로 걸러낸 술이다.
3   삼국시대 오나라 정보(程普)가 주유(周瑜)의 인품에 감복하여 "공근(주유의
    자)과 만나면 마치 순주(醇酒)를 마신 것과 같아 나도 모르게 취한다." 하였다.
4   『맹자』 「양혜왕 하(梁惠王下)」에 "고국이란 커서 높이 치솟은 나무가 있다는
    말이 아니요, 대대로 신하를 배출한 오래된 집안이 있다는 것을 의미한다.
    [所謂故國者 非謂有喬木之謂也 有世臣之謂也]"라고 하였다. 고가나 교목은 인
    물이 많이 나온 성호의 문중을 이른 말이다.

이태백의 「자극궁감추시紫極宮感秋詩」에 차운하다 서序를 덧붙이다

次李太白紫極宮感秋詩 并序

 이백(李白)이 49세에 「감추시(感秋詩)」를 지었는데 그 뒤에 소
동파(蘇東坡), 황산곡(黃山谷)이 모두 이 시에 화운(和韻)하여 시
를 지었다. 우리 동방에서는 주신재(周愼齋), 이퇴계(李退溪), 유
서애(柳西厓) 등의 여러 선생들도 모두 이 시에 차운하여 감회를
부쳤다. 내가 지금 나이가 마침 49세라 이 시를 읊어 감회를 적
는다.

맑고 맑은 달이 산 위에 뜨고
동산의 대숲이 우수수 흔들리네.
이 좋은 밤을 골라 한가히 노니노라니
천지에 맑은 기운을 움켜쥘 수가 없네.[1]
사십구 년 살아온 느낌
이러한 감회가 나 혼자는 아닐세.
그윽한 시름이 다투어 일어나기에
고개 숙였다 들었다 잠을 못 이루었네.

---

1 성호의 증조부 이상의의 시 「성수(聖水)」에 "혼연한 기운 항상 태일을 품어
   완전하리라[灝氣常含太一完]" 하였다. 여기서 호기(灝氣)는 가을의 맑은 기
   운을 가리킨다.

사십구 년 잘못 되었음을 알았으니[2]

오는 세월을 어찌 미리 점치랴.[3]

길을 잃었어도 멀리 오진 않았으니[4]

수레를 돌려서 다시 돌아가리라.

몸이 편안해져 발 디딤도 안정되니

계획이 어긋날까 마음 뒤집힘을 경계하네.[5]

경서의 말씀을 스스로 즐기지만

보는 게 익숙하지 않을까 걱정일세.

澄澄有山月。摵摵有園竹。

優遊選良夜。灝氣不可掬。

四十九年感。此懷非我獨。

幽憂較百端。俛仰遺寢宿。

知非卽斯存。來歲何須卜。

迷途且不遠。宛轉回車復。

身安入跟定。圖反戒心覆。

經言聊自喜。著眼恐未熟。

---

2 『회남자(淮南子)』「원도훈(原道訓)」에 "거백옥은 나이 50세가 되자 49년의
   잘못을 알았다.[蘧伯玉行年五十 知四十九年之非]" 하였다.

3 퇴계(退溪)의 「석륜사효주경유차자극궁감추시운(石崙寺效周景遊次紫極宮感
   秋詩韻)」에 "사십구 년의 잘못을 알았으니 다시 점칠 것 없구나.[四十九年非
   知之莫再卜]" 하였다.

4 도연명(陶淵明)의 「귀거래사(歸去來辭)」에 "실로 길을 잃음이 멀지 않으
   니, 지금이 옳고 지난날이 그름을 깨달았다.[實迷塗其未遠 覺今是而昨非]"
   하였다.

5 『춘추좌씨전』 희공(僖公) 24년에 "머리를 감으면 마음이 뒤집히고 마음이
   뒤집히면 계획이 어긋난다.[沐則心覆 心覆則圖反]" 하였다.

국밥

澆饡

비빔밥¹도 내 질리지는 않지만
뱃속을 채우기로는 국밥이 으뜸일세.
목에서 삼키면 바로 내 몫이 되니
배를 두드리며² 한 평생 사네.
망령되이 도제를 가볍게 여기려 하고
애오라지 이를 유해³와 맞먹는다 하노라.
누가 시국의 혼란함에 비겼는가⁴
쌀밥과 나물이 재계하기에 제격일세.

骨董吾無厭。塡腸澆饡佳。
下嚥惟己分、鼓腹是生涯。
妄欲輕陶甈、聊將當庚鮭。
誰方時混混、稻菜合淸齋。

---

1 『성리대전(性理大全)』보주(補註)에 "강남 사람들이 물고기와 채소 등을 함
　 께 섞어서 끓인 국을 골동갱(骨董羹)이라 한다."하였다. 골동반(骨董飯)은
　 비빔밥이고, 골동갱은 육개장이나 장국인데, 여기서는 국밥과 비교하느라
　 고 비빔밥으로 번역하였다.
2 『장자』「마제(馬蹄)」에 "옛날 혁서씨(赫胥氏) 시대에는 백성들이 (줄임) 음식
　 을 입 안에 가득 넣고서 즐거워하였으며, 배를 두드리며 놀았다.[含哺而熙
　 鼓腹而遊]"하였다.

3 진(晉)나라 때 유고지(庾杲之)가 매우 청빈하여 언제나 삼구(三韭), 즉 담근
  부추, 삶은 부추, 생 부추만 먹었으므로, 임방(任昉)이 희롱하는 말로 "누가
  유랑(庾郎)을 가난하다 하는가, 언제나 이십칠종의 규채를 먹는다네.[誰謂庾
  郎貧 食鮭常有二十七種]"라고 하였다. 삼구(三韭)를 음이 같은 삼구(三九)로
  돌려서 3 곱하기 9는 27로 말을 만든 것이다.

4 『초사(楚辭)』 「구사(九思) 상시(傷時)」에 "시국 혼란함이 국밥과 같으니, 슬
  프다 이 세상에 알아주는 이 없구나.[時混混兮澆饡 哀當世兮莫知]" 하였다.

채팽윤 참판에 대한 만사
挽蔡參判彭胤

활짝 트인 벼슬길에[1] 남달리 뛰어났으니
관직에 오르던 당시부터 촉망을 한 몸에 받았네.
공평한 마음으로 평탄한 길을 간 지 오래건만
눈 부릅뜨고 마구 참소하는 것을 어이하랴.
이름이 높아 대궐 문이 깊어도 알려졌으나[2]
운수가 와도 겨우 학사의 직함에 그쳤네.
선생의 문장이 이제 그만이니
모르던 하인들조차 눈물로 옷을 적시네.

亨衢逸駕逈殊凡、妙簡當時屬望咸。
久是平心行坦界、其如努目抵工讒。
名高不礙天門邃、運到才容學士銜。
夫子文章今已矣、臺輿無識亦霑衫。

◇ 채팽윤(蔡彭胤, 1669~1731)은 자가 중기(仲耆), 호는 희암(希菴)이고, 본관
   은 평강(平康)이다. 21세에 문과에 급제하고 형조 참판을 거쳐 부제학에 이르
   렀다. 이익의 아들 맹휴의 아내가 채팽윤의 딸이니, 이익과는 사돈 관계이다.
1 『주역(周易)』「대축괘(大畜卦)」에 "상구는 하늘의 거리이니, 형통하다.[上九
   何天之衢 亨]"라고 하였다. 형구(亨衢)는 벼슬길이 활짝 트인 것을 뜻한다.

채팽윤이 1762년 3월 성호에게 보낸 편지 [안산 성호박물관]

2 호당(湖堂)에 뽑힌 채팽윤이 춘방(春坊)에 입직(入直)하였으므로, 특별히 명하여 들어오게 하였다. 임금이 채팽윤에게 말하기를, "'평생에 임금 얼굴 모르고 지냈는데, 지척에서 옥지에 둘려 있는 꿈꾸었네[平生不識君王面一夢尋常繞玉墀]'라는 글귀를 너는 기억하는가?" 하였는데, 채팽윤이 전에 이 시를 지었을 때 임금이 듣고서 아름답게 여겼기 때문이다. ─『숙종실록』 17년 (1691) 10월 11일

세자시강원 설서(說書, 정7품)에서 홍문관 정언(正言, 종6품)으로 승진하였다.

선달 그믐날 밤에 우隅 자를 얻어 시를 짓다
除夕得隅字

진을 친 곳[1]에 등잔 밝히고 몇 사람 모였으니
늙은이의 마음이 이 해와 함께 가는구나.
맨 뒤에 도소주 마시다니[2] 스스로 가여워라.
떡국 많이 먹었다고 어찌 말하랴.
그믐날 시령(詩令)에 따라 시를 읊는데
소년 시절에 운자(韻字)를 받으면 신나서 외쳤었지.
춘심이 밤중에 나타나길 기다리노니
동짓달에 일양(一陽)이 소생했단[3] 말을 들었네.

小集懸燈鎭守隅。殘齡意與歲俱徂。
自憐後飮屠蘇者、敢道多呑繭餠乎。
除日吟詩依律令、少年分韻任歡呼。
春心佇待宵中見、聽說黃鍾一脈蘇。

---

1 『성호전집』권2에 실린 이 시 위에 「병사(兵使) 인숙(仁叔)이 부채를 보내준
데 대해 답례로 부치다[寄謝仁叔兵使惠扇]」라는 오언율시가 실려 있다. 성호
의 재종질인 이복휴가 공주 영장(公州營將), 충청 수사, 경상 좌병사 등을
거쳤으므로, 원문의 진수(鎭守)는 그가 주둔한 곳일 가능성이 있다. 다음에
소개하는 시도 또한 그에게 고마워하며 지어준 시이다.

69

2 소식(蘇軾)의 「제야야숙상주성외(除夜野宿常州城外) 2수」 제2수에 "다만 곤
   궁한 시름을 가지고 늘 건강함과 바꾸니, 맨 뒤에 도소주 마심을 사양하지
   않노라.[但把窮愁博長健 不辭最後飮屠蘇]" 하였다. 정월 초하루에 도소주(屠
   蘇酒)를 마시는 순서는 나이 어린 사람부터 먼저 마시고, 나이가 가장 많은
   사람이 맨 뒤에 마셨다. 나이 어린 사람은 한 해를 얻고 나이가 많은 사람은
   한 해를 잃기 때문이라 한다.

3 『주역(周易)』「복괘(復卦)」소(疏)에 "동지에 양 하나가 생기니, 양은 움직여
   서 용사하고 음은 고요함으로 돌아가는 것이다.[冬至一陽生 是陽動用而陰復
   於靜也]"라고 하였다. 황종은 십이율(十二律) 중 동짓달에 해당한다.

병사 인숙이 안경을 보내주어 감사하다
謝仁叔兵使惠靉靆鏡

병든 눈의 흐릿한 증세가 심했는데
유리를 끼니 훨씬 밝아졌소.
태서에서 만들었다는 소문을 진작 들었는데
영남 병영에서 지금 보내왔구려.
아주 작은 글자도 알아보겠으니
공벽1보다 더 귀중하구려.
말이 망아지로 변한 것2을 알겠으니
애써 젊은이 마음을 가져본다오.

病眼昏花甚、玻瓈頓助明。
曾聞泰西制、今自嶺南營。
數墨纖毫別、許珍拱璧輕。
方徵駒馬變、强作少年情。

◇ 인숙(仁叔)은 성호의 재종질인 이복휴(李復休, 1661~1733)의 자인데, 1710
  년 무과에 급제하고 공주 영장(公州營將), 내금위장(內禁衛將) 등을 거쳐 충
  청 수사에 제수되었으며, 1731년 1월 21일 경상 좌병사에 제수되었다.
1 『춘추좌씨전(春秋左氏傳)』양공(襄公) 28년 조에 "나에게 공벽을 준다면 나
  는 그 널을 바치겠소.[與我其拱璧 吾獻其柩]"라는 표현이 나온다. 공영달의
  소(疏)에 "공(拱)은 양손을 합한 것을 말한다. 이 옥구슬은 두 손으로 감싸
  안아야 하니, 큰 옥구슬을 말한다.[拱 謂合兩手也 此璧兩手拱抱之 故爲大璧]"
  라고 하였다.
2 『시경』「소아(小雅) 각궁(角弓)」에 "늙은 말이 도리어 망아지가 되니, 뒷일을
  돌아보지 않고 힘을 쓰네.[老馬反爲駒 不顧其後]"하였다.

「정동 옛집의 세 그루 전단향나무」 시에 화운하다

和貞洞舊第三檀韻 十二首

1.

전단나무[1] 그늘 아래 섬돌이 대를 이루니
좋은 나무 오래 남아 백세토록 전해졌네.
나무가 더욱 새로워져 홀로 빼어나 보이니
사람은 옛날을 생각하며 세 번 탄식하네.
남아 있는 버들은 풍류로 사랑스럽고
흔들거리는 홰나무 소리는 음악인 듯 어여쁘구나.
힘써 우리 문중과 더불어 소중히 지켜져
해마다 화수회[2]로 이곳에 찾아오리라.

旃檀影下砌成臺。嘉木留傳百歲栽。
物態增新看獨秀、人情撫古歎三回。
風流可愛餘宮柳、絲竹偏憐動省槐。
勉與吾宗重護惜、年年花樹會中來。

성호의 증조부 이상의 초상

◇ 성호의 조카 이병휴가 "정동 옛 집에 소릉(少陵) 선조가 심은 박달나무 세
그루가 있는데 마치 집처럼 엉겨 있으니, 당시 동이에서 옮겨 심은 것이라
한다. 종형(宗兄) 봉사공(奉事公)이 시를 지었고 나 또한 화답하여 차운한다.
가만히 각궁(角弓)을 잊지 않는다는 뜻에 부친 것이다.[貞洞舊第有少陵先祖
所種三檀樹 盤結如屋 盖當時自盆中移栽云 宗兄奉事公賦焉 予亦和次 竊附於無
忘角弓之義]"라는 시를 지었다.

소릉은 좌찬성(종1품)을 지낸 성호의 증조부 이상의(李尙毅, 1560~1624)의
호이다.

1   제2수에 "태백산의 남은 뿌리[太白遺根]"라고 하였으니, 이 시에서 전단은
인도의 향나무가 아니라 박달나무를 가리킨다.

2   화수회(花樹會)는 친족의 모임을 뜻한다. 당나라 위장(韋莊)이 꽃나무 아래
에 친족을 모아 놓고 술을 마신 일이 있는데, 잠삼(岑參)의 「위원외화수가(韋
員外花樹歌)」에 "그대의 집 형제를 당할 수 없으니, 열경과 어사와 상서랑이
즐비하구나. 조회에서 돌아와서는 늘 꽃나무 아래 모이니, 꽃이 옥 항아리에
떨어져 봄술이 향기로워라.[君家兄弟不可當 列卿御使尙書郞 朝回花底恒會客
花撲玉缸春酒香]"한 데서 화수회라는 명칭이 생겨났다.

원거행 서序를 덧붙이다
鶢鶋行 并序

원거는 바닷새이다. 노나라에서 사당에 모셔 성찬(盛饌)을 대접한[1] 뒤로 오랫동안 나타났다는 말이 들리지 않았다. 한나라 원제(元帝) 때에 이르러 낭야(瑯琊)에 새가 나타났는데 크기가 망아지만 하였다. 당시 사람들이 이 새를 원거라 하였지만, 그 형색이 어떤지 기록해 두지 않았으므로 후세 사람들이 어떻게 생겼는지 알 길이 없었다. 『이아(爾雅)』에 "거(鶋)는 까마귀이니 새 중에서 색이 검은 것이다. 작은 까마귀를 비거(鵯鶋)라 한다." 하였으니, 원거는 새 중에서 색이 검고 큰 것인가. 원거는 둥지에 살고 바람의 기미를 알아서, 바다에 장차 재앙이 있게 되면 미리 알아서 피한다. 그러므로 표표히 사는 곳을 옮겨 멀리 가는 것이 괴이할 게 없다.

신해년(1731) 겨울 안산현(安山縣)에 큰 새 한 마리가 날아왔는데, 색은 검고 크기는 망아지나 송아지만 하며 목에는 털이 없고 부리는 길고 약간 갈고리처럼 굽었으며 고기를 잘 먹었다. 나무

---

1 『장자』 「지락(至樂)」에 "바닷새가 노나라 교외에 내려앉자 노후(魯侯)가 그 새를 사당에 모셔놓고 구소(九韶)의 음악을 연주하고 태뢰(太牢)의 성찬(盛饌)을 올렸는데, 새는 어리둥절한 눈빛으로 근심하고 슬퍼하며 고기 한 점 술 한 잔 먹지 못한 채 사흘 만에 죽고 말았다. 이는 자기를 기르는 방식으로 새를 기른 것이지 새를 기르는 방식으로 새를 기른 것이 아니다." 하였다. 소(疏)에 "바닷새는 원거(爰居)이다." 하였다.

꾼에게 잡혔는데, 성질이 순하여 사람을 피하지 않았다. 반 개월
쯤 되자 기운을 조금 차리더니 마침내 날아올라 허공을 맴돌다
떠나갔다. 내가 이 이야기를 듣고 "이는 원거이다. 장차 조짐이
나타날 것이다." 하였는데, 이해 겨울이 예년에 없이 추워 해문
(海門)에 산더미만 한 얼음이 떠내려 왔으니 이상한 일이었다.

한 새가 낮게 날아 외진 바닷가에 내리니
털과 뼈대 참담하고 모습은 특이했네.
두 날개는 네 사람을 덮을 만한데
우뚝이 높고 큰데다 까마귀 색이었네.
산길에서 모이 쪼며 한가히 노닐었건만
사람들은 깜짝 놀라 모두 달아났네.
네가 범상한 동물이 아님을 잘 알겠으니
우연히 인간 세상에 떨어진 건 무슨 까닭인가.
노나라에 나타났던 잡현[2]이 이제는 적막하니
이천년 동안 실제로 있는 새인지 의심스러웠지.
송나라를 지날 때 육익과 같이 떠밀렸으리니[3]
경중경중 뛰며 와 느릅나무에 둥지 튼 게 아니지.[4]
언제나 큰 시냇가에 살며 재앙을 미리 알아서

---

2 『이아(爾雅)』에 "원거(爰居)·잡현(雜縣)"이라 했고, 형병(邢昺)의 소(疏)에
   "원거는 바닷새인데 크기는 망아지만 하며, 일명 잡현이라 한다." 하였다.
3 춘추시대 노나라 희공(僖公) 16년에 송나라에 운석(隕石)이 다섯 개 떨어지
   고 익(鷁) 여섯 마리가 떠밀려 날았다고 한다. 익은 원래 풍우를 잘 견디는
   새인데 바람에 떠밀려 날았으니, 변고이다.

날아오를 때 새끼들 데리고 올 겨를이 없었네.
외로운 신세로 머리 들어보니 고향이 아니라서
가련하게도 살 곳을 잃고 하늘을 헤매었네.
액운을 만나 사람에게 길러짐도 사양치 않았으니
노나라에서 음악을 연주하며 떠들썩한 것보다는 나았으리.
북륙이 마구 날뛰어 치우 깃발이 허공에 가득하니[5]
해문에 산더미 같은 얼음덩이가 내달리는구나.
결국 새장 속에 넣어 기르기 어려워
기력을 찾아 하늘을 찌르며 날아가고 말았네.
아득히 먼 하늘에 구름 한 점으로 사라지니
메까치와 메추라기 부질없이 야유하는구나.[6]

有鳥卑飛止海隅。毛骨暗慘形神殊。
兩翼猶足庇四人、屹然高大色類烏。
山徑啄拾意閒暇、四鄰驚動皆奔趣。
固知爾是非常物、偶落煙火胡爲乎。
魯門雜縣今寂寞、二千年來疑有無。
過宋應同六鷁退、趹趹不是來巢楡。
恒居廣川灾先覺、翻騰未遑將羣雛。
踽踽擡瞻非故鄕、可憐失所迷天衢。
艱危不辭爲人哺、猶勝鍾鼓爭喧呼。
跳梁北陸蚩尤塞、嵯峨海門冰山驅。
畢竟難可樊籠養、衝霄有力能摶扶。
杳杳長空雲一點、鷽鳩斥鷃徒揶揄。

4 『춘추좌씨전』 소공(昭公) 25년에 "구욕새가 겅중겅중 뛰니 공이 건후에 있도
   다.[鸜鵒跦跦 公在乾侯]" 하고, "지금 구욕새가 와서 둥지를 틀었으니, 장차
   화가 미치리라.[今鸜鵒來巢 其將及乎]" 하였다.
5 『한서(漢書)』 권21하 「율력지 하(律曆志下)」에 "해가 북륙(北陸)에 가면 겨울
   이라 하고, 서륙에 가면 봄이라 하고, 남륙에 가면 여름이라 하고, 동륙에
   가면 가을이라 한다." 하였다. 두보의 시 「자경부봉선현영회오백자(自京赴
   奉先縣詠懷五百字)」에 "치우의 깃발이 차가운 허공에 가득하니, 골짜기 걸어
   가기가 미끄러워라.[蚩尤塞寒空 蹴踏崖谷滑]" 하였다. 황제(黃帝)와 싸우다
   죽임을 당했다는 치우의 무덤이 동평군(東平郡) 수장현(壽張縣) 감향성(闞鄉
   城)에 있는데, 백성들이 해마다 10월에 제사를 지내면 명주 필(匹) 같은 붉은
   기운이 솟아오른다고 한다. 백성들이 이 기운을 치우기(蚩尤旗)라 한다.
6 대붕(大鵬)이 하늘 높이 날아서 구만리 가는 것을 보고 메까치와 메추라기가
   비웃었다는 우화가 『장자』 「소요유(逍遙遊)」에 실려 있다.

중휘가 등급을 뛰어넘어 승선에 제수됨을
축하하다 소서小序를 덧붙이다
賀仲暉超擢拜承宣 二首○幷小序

중휘가 막 관록(館錄)[1]에 뽑혀 들어가서 또 연행(燕行)의 서장관
(書狀官)에 차임(差任)되었으며, 연행을 출발하기 전에 승지(承旨)
에 발탁되었으니, 남다른 은수(恩數)이다.

1.

등영[2]의 길 가까우니 신선의 자질일세.
게다가 또 성사[3]가 닻줄 풀고 출발하다니.
홀연 청동의 발길에 차여[4] 잠에서 깨어 일어나
겨드랑이에 날개 돋쳐 하늘로 날아가네.[5]

登瀛路近自仙才。又是星槎解纜催。
忽被靑童蹴眠起、旋排腋翰狂天來。

◇ 중휘(仲暉)는 성호의 재종질 이귀휴(李龜休, 1675~?)의 자(字)인데, 1729년
7월 29일 본관록에 4점을 받고, 1732년 4월 3일에 사은사(謝恩使)의 서장관
으로 선정되었으며, 6월 13일에 승지(정3품)가 되었다. 7월 28일에 사은사
일행이 북경으로 떠났는데, 서장관은 한덕후(韓德厚)로 바뀌었다. 승선은
고려 때 밀직사(密直司)의 정3품 벼슬로 왕명의 출납을 담당하였는데, 조선
에서는 승지(承旨)로 고쳤다.

1 홍문관(弘文館)의 교리(校理)·수찬(修撰)을 임명하기 위한 1차 선거(選擧) 기록. 먼저 7품 이하의 홍문관원(弘文館員)이 뽑힐 만한 사람의 명단을 만들면, 부제학(副提學) 이하 여러 사람이 모여 적합한 사람의 이름 위에 권점(圈點)을 찍는데, 이것을 기록하는 것을 관록(館錄), 본관록, 홍문록(弘文錄)이라고 한다.

2 당나라 태종이 문학관(文學館)을 열어 방현령(房玄齡), 두여회(杜如晦) 등 열여덟 명을 뽑아 특별히 우대하고 번(番)을 셋으로 나누어 교대로 숙직하며 경전을 토론하게 하였는데, 이를 세상 사람들이 등영주(登瀛州)라 하였다. 전설상 신선이 산다는 산인 영주(瀛洲)에 오르는 것에다 비긴 것인데, 등영(登瀛)은 등영주(登瀛州)의 준말로 홍문관에 들어감을 뜻한다.

3 『운부군옥(韻府群玉)』에 "요 임금 때 큰 뗏목이 사해(四海)에 떠다니는데 그 위에 별과 달처럼 빛나는 것이 있고 12년 만에 한 번 주천(周天)한다. 이를 관월사(貫月査) 또는 괘성사(掛星査)라 하는데 신선이 이 뗏목의 위에 머물렀다." 하였다. 사행(使行)을 성사(星槎)라 하여 뗏목을 타고 은하수로 가는 것에 비유하는데, 한나라 때 장건이 대하국(大夏國)에 사신으로 갔다가 뗏목을 타고 황하(黃河)의 근원을 거슬러 올라가 은하수에 이르렀다는 전설에서 유래하였다.

4 이백(李白)의 「태산을 유람하다.[遊泰山]」 시에 "우연히 선동(仙童)을 만났는데, 두 귀밑 검은 머리 틀어 올렸네.[偶然值靑童 綠髮雙雲鬟]"라고 하였다. 신선의 부름을 받았다는 뜻이다.

5 중국에 가는 사신을 조천(朝天)이라고 하였기에, 하늘로 날아간다고 표현하였다.

귀가 먹다
耳聾

눈 침침한 증세가 해마다 심해지더니
한쪽 귀가 갑자기 안 들리누나.
귀와 눈이 딴 세상처럼 달라졌으니
목숨 다할 날이 바짝 다가왔구나.
높은 소리도 알아듣지 못해
늘 귓전에 세찬 폭포 울리니,
늙기만 하는[1] 내가 스스로 가련한데
게다가 병까지 내 몸을 감싸누나.

眼昏年年劇。偏聾輒闖生。
聰明疑異世、澌滅逼前程。
未諦高聲語、常聆急瀑鳴。
自憐能老性、況復病相嬰。

---

[1] 춘추시대 계강자(季康子)가 가르침을 내려달라고 하자 공보문백(公父文伯)의 어머니가 대답하기를 "나는 늙는 것만 할 수 있으니, 무슨 말을 그대에게 하리오.[吾能老而已 何以語子]" 하였다.

어린 손자 여달의 돌잔치에 지어 보내다
寄題小孫如達晬盤

아들은 늦게 봤어도 손자는 일찍 봤으니[1]
네 아비는 한창인데 나는 다 늙었구나.
같은 시대에 우리 삼대 함께함이 즐거우니
남은 생애 온갖 영화 맛보기를 기대한다.
사내 태어나 기뻤는데[2] 벌써 돌이 되었으니
돌상에 올라 있는 붓이랑 먹을[3] 잡거라.
구슬 심었으니 뿌리 내려 재목으로 자라서
가지와 잎이 뜰 가득히 무성하게 되어라.

生兒雖晚早生孫。汝父芳年我老殘。
然喜同時三世並、深期餘日百榮存。
桑弧蓬矢俄周歲、兎穎龍煤且試盤。
種玉爲根嘉樹長、任敎枝葉滿庭繁。

◇ 여달(如達)은 성호의 손자 이구환(李九煥, 1731~1784)의 아명으로, 자는 원
   양(元陽)이다. 안정복이 성호를 처음 만난 날 보고 들은 것을 기록한 「함장록
   (函丈錄)」에 이 이름이 보인다.
   "이때 방 안에서 나이가 15, 6세쯤 되어 보이고 한아(閑雅)한 얼굴의 사랑스
   러운 동자 하나가 『소학(小學)』을 펴 놓고 읽고 있었는데, 아마도 선생의
   손자인 듯하여 물어보니 과연 그러하였다. 아명은 여달(如達)이고 신해생(辛
   亥生)으로 만경(萬頃, 이맹휴)의 아들이다."

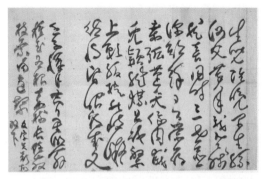

손자 구환의 돌날에 성호가 지은 친필 시 [안산 성호박물관]

◇ 성호박물관에 성호가 임자년(1732) 12월에 쓴 친필시가 소장되어 있는데, 마지막 구절에 "모든 이 보는 앞에 글을 지어 완성하였네[待將皆眼看成文]"라고 되어 있었다. 그 왼쪽에 다시 두 구절을 고쳐 지으면서 "원래의 시(詩)에 문(文) 자의 운자(韻字)가 잘못되었으므로 고쳐 내린다.[文字失韻 故改下]"고 설명하였다. 『성호전집』에는 고쳐진 시가 실려 있다. 손(孫)자를 비롯한 존(存)자, 번(繁)자는 평성(平聲) 13번째인 원운(元韻)에 속하고, 잔(殘)자와 반(盤)자는 14번째인 한운(寒韻)에 속하며, 문(文)자는 12번째인 문운(文韻)에 속한다. 이들 운자들은 모두 통운(通韻)되니, 그대로 두어도 문(文)자의 운이 틀린 것은 아니다.

1 성호가 33세 되던 1713년에 아들 맹휴가 태어났는데, 손자는 맹휴가 19세 되던 1731년에 태어났다.

2 『예기(禮記)』「내칙(內則)」에 "임금의 세자(世子)가 나면, 사인(射人)이 뽕나무 활에 쑥대 살[桑弧蓬矢] 여섯 개를 천지 사방에 쏜다." 하였는데, 그 주에 "천지 사방은 남자가 일할 곳이기 때문이다." 하였다. "상호봉시(桑弧蓬矢)"는 아들이 태어난 기쁨을 뜻한다.

3 『사물기원(事物紀原)』에 의하면, 형이(刑夷)가 먹을 만들고 사주(史籒)가 비로소 먹으로 글씨를 썼다. 옛날에는 칠로 글씨를 쓰다가 그 뒤에는 석묵(石墨)으로 썼다. 한나라 이후에는 송매(松煤)와 동연(桐烟)이 비로소 왕성하였다. 옛날에는 이정규(李廷珪)의 먹과 진낭(陳郎)의 먹이 있었다. 송나라 희령(熙寧) 연간에 장우(張遇)가 어묵(御墨)을 제공하였는데, 비로소 유연(油烟)을 사용하고 거기에 사향을 넣었다. 그것을 용제(龍劑)라 했다 한다.
토영(兎穎)은 토끼털로 만든 붓이고, 용매(龍煤)는 좋은 먹이다.

계축년 3월 상사일에 수계를 하려고 하다가 비바람으로 인해 행하지 못하고 열흘 뒤에 높은 데 올라가 시를 짓다

癸丑三月上巳將修禊因風雨未果後十日登高有作 三首

1.

난정의 훌륭한 모임이 있었던 해인 데다
기쁜 놀이를 더구나 봄이 가기 전에 하다니.
날씨가 맑은 것이 더없이 좋은 소식[1]이니
상사일만 좋은 때라고 말하지는 마세나.

道是蘭亭勝集季。歡遊況在暮春前。
氣淸天朗眞消息、休遣佳辰上巳專。

◇ 계축년은 1733년이다. 수계(修禊)란 음력 3월 상사일(上巳日)에 물가에 가서
몸을 씻어 재액을 털어 버리는 행사를 말한다. 명필 왕희지(王羲之, 321~379)
를 비롯한 사안(謝安)·사만(謝萬)·손작(孫綽)·왕응지(王凝之)·손통(孫統)·왕
숙지(王宿之)·왕빈지(王彬之)·왕휘지(王徽之) 등 당대 명인 42인이 계축년
(353) 3월 상사일에 회계산(會稽山) 난정(蘭亭)에 모여 수계한 뒤에 시를 읊
고 즐겼기에, 그 이후에도 시인 묵객들이 이를 기념하여 수계를 하였다.

3.

백 년 동안 모여 살아 집성촌이 되었는데
우연히 모아보니 항렬이 엄연하구나.
우리 집안 사포에 좋은 문장 전해지리니
반드시 산음에 왕씨² 성만 있는 게 아니라네.

百歲楸梧作一鄕。偶然呼集儼成行。
吾家沙浦傳遺句、未必山陰盡姓王。

---

1   『주역』「박괘(剝卦) 단전(彖傳)」에, "군자가 소식영허(消息盈虛)를 숭상함은
    천도(天道)에 합치하는 것이다." 하였다. 이치는 소쇠(消衰)하고 식장(息長)
    하고 영만(盈滿)하고 허손(虛損)하니, 군자는 이 이치에 순종하여 하늘을 섬
    긴다는 뜻이다. 『장자』「추수(秋水)」에, "도는 소식영허하여 끝이 나면 시작
    이 있다.[消息盈虛 終則有始]" 하였다. 음양의 기운과 계절의 순서가 순환한
    다는 말이다. 이 시에서는 날씨가 화창한 것이 좋은 소식이라는 뜻도 있지
    만, 겨울이 가고 봄이 와서 음양의 기운과 계절의 순서가 순환한다는 뜻도
    아울러 썼다.
2   진(晉)나라 태위(太尉) 치감(郗鑑)이 산음의 왕씨 집안 자제들이 뛰어나다는
    소문을 듣고는 사람을 시켜서 왕씨 집에 가서 사윗감을 찾게 하여 왕희지를
    사위로 삼았다. 사안(謝安)의 조카딸 도운(道韞)이 왕응지(王凝之)에게 시집
    을 갔다가 처음 친정에 와서 남편에 대해 불평하자, 사안이 이르기를 "왕랑
    (王郞, 왕응지)은 일소(逸少, 왕희지)의 아들인데 네가 무엇을 불평하느냐?"
    하였다. 왕희지의 다섯째 아들 왕휘지(王徽之)와 일곱째 아들 왕헌지(王獻
    之) 형제도 모두 뛰어난 명필이자 문인으로 역사에 이름을 남겼다. 이 시에
    서는 난정첩(蘭亭帖)에 이름을 남긴 왕씨 집 문인들처럼 안산의 성호 문중에
    도 많은 문인들이 있다는 자부심을 보인 것이다.

같은 병을 앓는 행보에게 병석에서 써서 보내다
伏枕寄同病者行甫

꼼짝없이 병석에 누워 닷새 지내다 보니
이불 덮고 작은 방에 떨어져 있어 한스럽구나.
하늘에서 내리는 큰비[1]를 창 통해 보노라니
이른지 늦은지는 밥상을 받아야 아네.
두 다리는 찬물에 들어갈 생각만 하니
벗이 편지[2]를 보내오면 더없이 기쁘다네.
그대[3] 안타까워서 내 편지를 부치니
깊은 시름 나와 같음을 내 시 보면 알리라.

伏枕無端五日支。重衾小屋恨乖離。
乾坤霈澤窺囱見、早晏時辰對食知。
兩脚只思寒水入、雙鱗偏喜故人貽。
南鄰寄與相憐子、同我幽憂知我詩。

◇ 행보(行甫)는 성호의 제자이자 족손(族孫)인 이경환(李景煥, 1696~?)의 자
   이다. 1721년 생원시(生員試)에 합격하였으며, 『사마방목(司馬榜目)』에 이
   정휴(李禎休)의 아들로 기록되었다. 17세 되던 1712년에 친구인 소남 윤동규
   를 성호에게 소개하여 성호학파의 외연을 넓혔다.
1 두보(杜甫)의 「큰비[大雨]」 시에 "바람과 우레 만 리를 울리며, 큰비가 풀
   위로 쏟아진다[風雷颯萬里 霈澤施蓬蒿]" 하였다. 병으로 누워 꼼짝 못하다
   보니, 그렇게 큰비를 창을 통해서나 본다는 뜻이다.

2   악부시(樂府詩)「음마장성굴행(飮馬長城窟行)」에 "먼 곳에서 손님이 찾아와,
    나에게 잉어를 두 마리 전해 주네. 아이 불러 잉어를 요리하게 했더니, 그
    속에 한 자 비단 편지 있었네.[客從遠方來 遺我雙鯉魚 呼兒烹鯉魚 中有尺素
    書]"라고 하였다.
3   두보가 성도(成都)의 금리(錦里)에 살면서 남쪽 이웃[南鄰]에 사는 주산인(朱
    山人)과 친하게 지냈는데, 안산에 살던 이경환과 그런 관계였으므로 그를
    일러 남쪽 이웃이라고 표현하였다.

재종질인 장경 억휴, 유춘, 족손 운중 양환은 나와 같은 신유생이라 지금 나이가 쉰네 살이다. 네 사람이 바닷가에서 만나기로 약속하였기에 먼저 시를 부친다

再從姪長卿億休園春族孫雲仲陽煥與我同辛酉生而今五十四歲矣四人將期會於海上先以詩寄之 二首

2.

나이들을 꼽아 보니 그게 바로 내 나이일세.
천지간에 태어나 서로 함께 노닐었지.
만나 보면 쇠한 모습 비슷하여 안타깝고
헤어지면 그리운 마음 어쩔 수 없네.
우리도 이준과 이종악[1]처럼 기이한 일 생기고
동원공 하황공[2]처럼 이름이 함께 전해지리라.
산속에 술이 익어 함께 취할 만하니
여윈 말 준비하여 채찍 들기를 기다리네.

屈指君年卽我年。降生天地共留連。
相逢已惜衰容似、乍別寧禁望眼懸。
潘諤事奇添兩好、園黃名重與雙傳。
山中酒熟須同醉、準備羸駒待擧鞭。

◇ 장경(長卿)은 성호의 재종질인 이억휴(李億休, 1681~1755)의 자로, 안산에 거주하였다. 1711년 진사시에 입격하고, 선릉(宣陵)과 효릉(孝陵) 참봉(參奉)을 지냈다. 유춘(囿春)은 이동환(李東煥, 1681~1753)의 자이다. 그는 이백휴(李百休)의 아들로, 1729년 문과에 급제하여 부안현감 등을 역임하였다. 운중(雲仲)은 성호의 족손 이양환(李陽煥, 1681~1745)의 자이다. 이헌휴(李憲休)의 아들로 태어나 이천휴(李天休)의 양자로 들어갔다. 성호까지 포함한 네 사람이 모두 신유년(1681) 동갑내기이다.

1 송나라 이준(李濬)과 이종악(李宗諤)이 같은 해 같은 달에 하루 간격으로 태어났는데, 죽을 때에도 하루 간격으로 세상을 떠나 사람들이 기이하게 여겼다.

2 진말(秦末)의 혼란을 피하여 동원공(東園公)·기리계(綺里季)·하황공(夏黃公)·녹리선생(甪里先生)의 네 명사가 상산(商山)이 들어가 은둔하였는데, 네 사람 모두 수염과 눈썹이 모두 하얗기 때문에 상산사호(商山四皓)라고 불렸다. 한나라 고조(高祖)가 처음에 이들을 불렀으나 나오지 않았다. 뒤에 고조가 태자를 폐하려고 하자 여후(呂后)가 장량(張良)의 계교를 써서 사호를 맞이하여 태자를 보필하도록 하였다. 사호가 태자를 모시고 고조를 알현하자 고조가 말하기를, "태자의 우익이 조성되었구나."라고 하고 태자를 폐하지 않았다.

달빛 아래 거닐며 사람을 기다리다
步月候人

나를 좋아하는 사람¹과 노년을 보내려니
그의 모습 밤마다 꿈에 찾아오네.
고향에서 만나자 약속했는데 장마도 어느새 걷혀
언덕을 언뜻 보니 달이 높이 걸렸구나.
기러기² 줄을 잇듯 편지 정답게 이어지더니
마침 소식을 주어 답장을 전하였네.
봉창 아래 발자욱 소리 참으로 기쁘니
이끼 낀 오솔길로 채찍 멈추지 마소.

同歸惠好盡衰年。入夢儀形夜夜連。
梓社留期霖乍捲、林皐偶眼月高懸。
情知乘鴈行相續、會有雙魚報已傳。
蓬底跫音眞自喜、苺菭一逕莫停鞭。

---

1 『시경』 「패풍(邶風) 북풍(北風)」에 "북풍은 차갑게 불고 눈은 펑펑 내리니,
   사랑하여 나를 좋아하는 이와 손잡고 함께 가리라.[北風其涼 雨雪其雱 惠而好
   我 攜手同行]" 하였다
2 승안(乘鴈)은 기러기 네 마리이다.

사람을 기다려도 오지 않다
候人不至

늙을수록 괴로워져[1] 소년 시절 회상하니
지금까지 마음으로 언제나 함께했지.
한가하면 세월이 빨리 지났음을 알았고
술 취한다고 어찌 텅 빈 쌀독을 헤아렸으랴.
찬비 내려 그대 오지 못하는 걸 알겠으니
봄바람에 아름다운 약속 전해 오길 기다리리.
부디 그대 푸른 나귀 게으르다 마시라
수양버들 꺾어서 채찍 삼은들 어떠랴

向老涔涔憶少年。至今心迹兩環連。
投間只覺時梭過、取醉寧論室罄懸。
勝事固知寒雨阻、佳期猶待好風傳。
煩君莫道靑驢倦、何恨垂楊擘作鞭。

---

1 두보의 시 「풍질주중복침서회삼십육운봉정호남친우(風疾舟中伏枕書懷三十
   六韻奉呈湖南親友)」에 "구르는 쑥 같아 근심이 많아지고, 약을 먹으며 병으
   로 시름시름 신음하네.[轉蓬憂悄悄 行藥病涔涔]" 하였다.

참새 소리에 놀라 5장이고 장마다 4구이다
警雀 五章章四句

참새 소리에 놀란다는 것은 참새 소리가 시끄러워 일찍 잠에서 깬다는 뜻이다

1.

어둑하던 창가가 밝아지니
날이 벌써 새벽 되었구나.
처마에 참새들이 지저귀면서
우리네 사람들을 일깨우누나.

暗牖生白、日旣晨只。
檐有雀噪、警我人只。

2.

사람들은 이미 다 잠을 깼지만
아직도 정신을 못 차리네.
비로소 그 소리 듣고 나서야
화들짝 놀라면서 일어난다네.

人旣寤只、尙未覺只。
載聞厥聲、蹶焉作只。

◇ 지(只) 자로 압운하면서 첫 구에도 백(白) 자와 지(只) 자로 쓴 것을 보면
 '지지배배'라는 새 울음소리를 묘사한 듯하다.

등을 켜지 않고 운을 불러 짓다
無燈呼韻

가난하여 기름등잔을 마련할 길 없으니
구하려 해도 여름 벌레가 얼음 말하는[1] 거나 다를 게 없네.
그러나 나에게는 등불 같은 마음이 있어
밝고 밝은 빛 옆에서 새벽에 일어나길 기다리네.

貧家無力辦油燈。縱羨何殊夏語冰。
惟有此心明較火、煌煌傍燭待晨興。

---

1 『장자(莊子)』「추수(秋水)」에 북해의 신 약(若)이 말하기를, "우물 안 개구리
가 바다를 말할 수 없는 것은 우물 안에 매여 있기 때문이요, 여름 벌레가
얼음을 말할 수 없는 것은 여름에만 집착하기 때문이며, 고루한 선비가 도를
말할 수 없는 것은 가르침에 속박되어 있기 때문이다. [井蛙不可以語於海者
拘於虛也 夏蟲不可以語於冰者 篤於時也 曲士不可以語於道者 束於敎也]"라고
하였다.

밥상을 대하다 5장이고 장마다 4구이다

對案 五章章四句

예(禮)는 음식에서 시작되는데, 바르게 앉아서 밥상을 대하는 것은 근본을 잊지 않기 위해서이다.

1.

음식을 먹을 때에 예의 있으니
그 법이 하늘에서 나온 거라네.
무슨 상관 있느냐고 말하지 마라.
나태하면 곧바로 허물 생기리.

維食有儀、厥則由天。
毋曰胡害、怠斯有愆。

2.

큰 띠를 드리우고 두건을 쓰고
무릎을 꿇고 앉아 몸을 세우라.
다른 일에 마음 쓰지 않으면
그 또한 마음의 공부가 되리.

垂紳戴巾、長跪植躬。
用志不分、爲厥心功。

윤복춘 동진을 애도하며

悼尹復春 東軫

세상에 여한 없는 일이야 없지만
학문 못 이루고 죽는 게 제일 한스럽네.
수 년 동안 쌓아 오던 학업이
티끌처럼 흩어지니 뭐라 이름하겠나.

世間無事無遺恨、未若身亡學未成。
十數年來多少業、一塵吹散果何名。

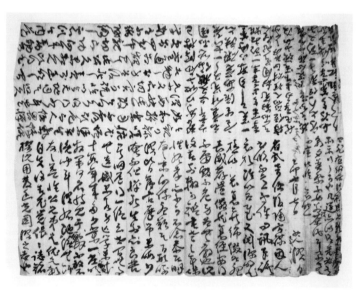

성호가 이 시를 지어 윤동규에게 보냈던 편지

94

◇ 이 시는 제자 윤동진(尹東軫, 1704~1735)이 세상을 떠난 뒤에 성호가 그의 형 윤동규를 위로하며 보낸 편지에 실려 있었다.

"소식이 오랫동안 끊겼기에 막 인편을 통해 편지를 보내려 하였는데, 뜻하지 않게 심부름꾼을 통해 안부를 물어 왔습니다. 상중(喪中)에 쓴 그대의 편지를 읽어 보고 비록 위안이 되기는 하였으나, 또 원명(源明, 동기)의 편지를 읽고 나서는 그대의 질병이 끊이지 않아 너무도 걱정됩니다. 거듭된 상을 지키려면 엄연한 상복을 어찌 그렇게 하지 않을 수 있겠습니까마는, 애통해하되 몸이 위태로워지게 해서는 안 됩니다. 몸이 없으면 후사가 없기 때문입니다. 게다가 복춘(復春, 동진)의 전철을 따를 수 있겠습니까. 늙어 가는 나이에는 목숨을 보존하여 효를 마칠 것도 생각하지 않아서는 안 됩니다. 붕우 간의 말석에 끼어 있는 입장에서 그립고 근심되는 마음을 어찌 형언할 수 있겠습니까.

나는 지난번에 잠깐 조문을 갔다가 잠시 머물 겨를도 없었으니, 죽은 사람을 떠나보내는 것만 슬펐던 것이 아니라 살아 있는 사람과 이별하는 것도 참으로 괴로웠습니다. 돌아오는 길에 시 한 수를 지었는데 다음과 같습니다. (위의 시는 줄임)

말에 심정을 드러내긴 하였으나 감히 귀를 번거롭게 하였을 뿐입니다. 고루하고 배움도 늦었던 나는 사우(師友)의 도움을 전혀 받지 못하고 오직 그대 형제들만을 의지하고 있었는데, 복춘을 잃고 난 뒤로는 더욱 어찌할 바를 모르겠습니다. 그의 묘지명을 지어 아직 드러내지 못한 그의 덕업을 밝히는 것이 참으로 나의 뜻입니다. 지금 행록(行錄)을 보니 안타까움이 더합니다. 그는 평소의 기상이 참으로 훌륭하여 조용하고 화평한 자세를 유지하며 감정을 드러내지 않았지만 사람들은 그를 경외하였습니다. 내가 늘 그의 이런 점을 탄복하였는데, 지금 어찌하여야 다시 이런 모습을 볼 수 있겠습니까.

95

성긍을 애도하며
悼聖肯

성긍이 나에게 문병 왔을 땐
죽음 생각하는 나를 이상타 하더니,
서둘러 돌아가선 일어나지 못했으니
삶과 죽음이 과연 이 같은 것인가.
나는 살아서 밤낮으로 괴로운데
그대는 돌아가 천리에 순응하였구나.
이렇게 사는 나와 돌아간 그대를 비교해 보면
누가 더 즐거운지 모르겠구려.

聖肯來問疾、怪我或慮死。
催歸便不起、存沒果如此。
我生日夜苦、君歸順天理。
以此持比彼、未知孰樂耳。

◇ 성긍(聖肯)의 이름은 당휴(堂休)이다. (원주)

아침술

卯酒

산창에서 새벽 빗소리 들으며
쓸쓸히 궤안(几案)에 기대 오래 앉았네.[1]
태화(太和)[2]의 시구를 나지막이 읊조리며
시원하게 술 한 잔을 들이마시네.
몸 위해서 아침술 마시지 말라고
이 말이 예로부터 있어 왔었지.
취하도록 마시지 않고 목이나 축여
두 잔은 괜찮으니 막을[3] 게 아닐세.
욕망 따르는 것[4] 부끄럽다 생각하지만
적절히 헤아림은 내게 달렸지.
저기 마시고 싶은 대로 마시는 이들은
날마다 큰 술잔[5] 기울인다네.

山囱聽曉雨、悄悄凭梧久。
微吟太和句、快進一梄酒。
怡養忌卯飮、此語從古有。
濡喉禁霑醉、兩可非掣肘。
存心耻忘生、斟酌在余手。
彼哉循嗜欲。日覺傾大斗。

◇ 당나라 백거이(白居易)의 시 「취음(醉吟)」에 "귓가에 예불 종소리 처음 지나
   간 뒤요, 창자에 아침술이 아직 가시지 않은 때일세.[耳底齋鐘初過後 心頭卯
   酒未消時]"라고 하였다. '묘주(卯酒)'는 묘시(卯時) 즉 아침 다섯 시에서 일곱
   시 사이에 마시는 술이라는 뜻이니, 이른 아침에 마시는 술을 이른다.

1 『장자(莊子)』「제물론(齊物論)」에 "남곽자기가 궤안(几案)에 기대어 앉아서
   하늘을 우러러 탄식하며 멍하니 그 상대를 잊은 듯했다. 안성자유(顔成子游)
   가 앞에 모시고 서 있다가 '어디에 있습니까? 몸을 참으로 고목(枯木)처럼
   만들 수 있고, 마음을 참으로 식은 재처럼 만들 수 있습니까?'라고 했다."
   하였다. 원문의 오(梧)는 오궤(梧几)이니, 오동나무로 만든 궤안(几案)이다.

2 『주역』「건괘(乾卦)」에 "건도가 변하고 화하여 각기 성명을 바르게 하니,
   태화를 보합하여 이에 이롭고 정하다.[乾道變化 各正性命 保合大和 乃利貞]"
   하였다. 이에 대해 주희는 "태화는 음양이 화합하여 있는 조화로운 기이다.
   [太和 陰陽會合沖和之氣也]"라고 하였다.

3 노(魯)나라 복자천(宓子賤)이 단보(亶父)의 수령으로 임명되어 떠나갈 적에
   글씨를 잘 쓰는 임금 측근의 관리 두 사람을 청하여 데리고 갔다. 고을의
   아전들이 모두 모였을 때 그 측근 관리들에게 글씨를 쓰게 하였는데, 글씨를
   쓰려고 하면 옆에서 팔꿈치를 잡아당기고, 그 때문에 글씨를 잘못 쓰면 또
   화를 내었다. 측근의 관리들이 두려워 사직하고 돌아가 임금에게 자초지종
   을 고하니, 임금이 자신을 경계하려고 한다는 것을 알아채고는 간섭하지
   않았다는 이야기가 『여씨춘추(呂氏春秋)』「구비(具備)」에 실려 있다. 원문의
   '철주(掣肘)'는 공연히 다른 사람의 일에 간섭하여 뜻한 바를 이룰 수 없게
   만드는 것이다.

4 정이(程頤)가 "나는 목숨을 잊고 욕망을 따르는 것을 매우 부끄럽게 여긴다.
   [吾以忘生徇欲爲深恥]"라고 하였다.

5 『성호사설(星湖僿說)』권4 「만물문(萬物門) 주기보(酒器譜)」에 "대두(大斗)
   는 술이 열 되나 들어가는 잔을 말한다. 『시경』「행위(行葦)」에도 '대두로
   술을 뜬다.[酌以大斗]'고 하였다." 하였다.

머리 수련법
修崑崙

섭양(攝養) 책을 예전에 연구하였더니
머리 수련법 외엔 다른 것이 없었네.
천 번 머리 빗으면 기 소통이 좋아지니[1]
모든 맥[2] 모이는 곳을 더욱 보호해야지.
옥녀 물동이[3] 기울여 자주 머리를 감고
마고 손톱 예리하니 긁기에 적당하네.[4]
등긁개[5]로 긁는 것도 다 좋은 방법이니
먼지와 때 한 점도 남겨 두지 않으리라.

攝養書存昔講磨。修崑崙法外無佗。
千梳理髮踈通好、百脈歸宗衛護加。
玉女盆傾頻洗沐、麻姑爪利恰搔爬。
痒和捎篸皆要術、塵垢休留一點些。

◇ '곤륜(崑崙)'은 도교(道敎) 용어로 상단전(上丹田)인 머리나 하단전(下丹田)
인 배꼽 밑을 가리키는데, 이 시에서는 머리를 말한다.
1 『운급칠첨(雲笈七籤)』권32「잡수섭(雜修攝)」에 "아침저녁으로 머리를 빗되
천 번씩 가득 채워 빗질을 하면 두풍(頭風)을 영영 물리칠 수 있고, 머리털도
세지 않게 된다.[晨夕梳頭, 滿一千梳 大去頭風 令人髮不白]"라고 하였다. 빗질
을 많이 하는 것은 도가(道家)의 도인안마술(導引按摩術)의 일종이다.

2 백맥(百脈)은 인체의 오장육부와 겉과 속을 연결하며 기를 나르는 모든 경
   맥. 구체적으로 12경락을 말한다.

3 『임하필기(林下筆記)』권37「봉래비서(蓬萊秘書)」에 "옥녀(玉女) 세두분(洗
   頭盆)이 있는데, 돌이 움푹 패여 마치 절구 같이 생겼으니, 보덕보살이 머리
   를 감던 곳이다.[有玉女洗頭盆 石凹如臼 普德菩薩洗頭處也]"하였다.

4 선녀 마고(麻姑)가 후한(後漢) 환제(桓帝) 때 선인 왕방평(王方平)의 부름을
   받고 채경(蔡經)의 집에 내려왔는데, 손톱이 마치 새 발톱처럼 길었다. 채경
   이 그것을 보고는 "등이 대단히 가려울 때에 이 손톱으로 등을 긁으면 딱
   좋겠다.[背大癢時 得此爪以爬背 當佳]"라고 말한 것이『신선전(神仙傳)』권3
   에 실려 있다.

5 양화자(痒和子)는 등긁개이다. 이규보(李奎報)가「양화자」에서 "등 가려울
   때 긁으면 너무도 즐거워라. … 손가락 모양으로 사람 손보다 편하네.[背癢能
   抓悅可多 … 具人手指超人手]"하였다.

서광편

瑞光篇 三首

1.

사람이 이 세상에 태어날 때에
기가 아니면 몸이 없는데,[1]
기는 모였다가도 결국은 흩어지니[2]
그게 바로 귀신의 영혼일세.
어쩌다 상도에 벗어나면
영혼이 문득 나타나기도 하니,
살아서 정숙한 분이셨기에
죽어서도 그 이름 남기는구나.

夫人有生。匪氣曷形。
聚必終散、維鬼神情。
或出乎常、載顯厥靈。
存旣淑貞、死遺之名。

◇ 부인 숙인(淑人)은 사천 목씨(泗川睦氏)로 대사헌 임일(林一)의 딸이다. 정숙
하고 지조가 있었는데, 계축년(1733)에 세상을 떠났다. 염을 하고 나니 무지
개 같고 달 같은 빛이 염습한 곳에서 일어나 하늘 가운데로 들어가니, 군이
그를 위하여 「서광편(瑞光篇)」을 지어 애도하였다. -『성호전집』권62「병조
좌랑 이공 묘갈명[騎省佐郎李公墓碣銘]」
조카 이중환(李重煥, 1690~1756)이 아내의 장례 때에 지은 「서광편」을 보고
성호가 같은 제목으로 지었는데, 차운하였다는 설명은 없다.

1 『중용장구』 제1장의 "하늘이 명한 것을 성이라고 한다.[天命之謂性]"라는 경
    문을 주희가 "하늘이 음양오행으로 만물을 화생하니, 기로써 형체를 이루고
    이를 또한 부여한다.[天以陰陽五行 化生萬物 氣以成形 理亦賦焉]"라고 해설하
    였다.

2 주희가 「여자약에게 답한 편지」에서 "사물의 취산(聚散)과 시종(始終)은 두
    기의 왕래와 굴신(屈伸) 아님이 없으니, 귀신의 덕이 사물의 근간이 되어
    이것을 빠뜨릴 수 있는 사물이 없다."라고 하였다. 주희가 『주역본의(周易本
    義)』에서 "음의 정과 양의 기가 모여서 물건을 이루는 것은 신(神)의 펴지는
    것이고, 혼이 돌아다니고 백(魄)이 내려와서 흩어져 변(變)이 되는 것은 귀
    (鬼)가 돌아가는 것이다.[陰精陽氣 聚而成物 神之伸也 魂游魄降 散而爲變 鬼之
    歸也]"라고 풀이하였다.

사위 이극성에게 보여주다

示李甥 二首

1.

꽃다운 나이 열여덟 사내가 되어
일찌감치 경전들을 받들어 공부했네.[1]
한가할 때 많은 힘써야 함을 알고서
마음으로 즐기고 피곤한 줄을 몰랐네.
사람들 다투어 보는 커다란 명문가에
이렇게도[2] 아름다운 자질 타고나다니.
나같이 늙고 게으른[3] 이 깨우쳐 줄 게 없지만
책 속에 어딘들 좋은 스승 없으랴.

芳年十八作男兒。夙把遺經尊閣之。
解道身閒多費力、應須心樂不知疲。
爭看許大門閭宅、生得寧馨美好姿。
衰懶如吾無警發、卷中何處乏良師。

◇ 성호의 사위는 지봉(芝峯) 이수광(李睟光)의 5대손인 이극성(李克誠, 1721~
?)으로, 자는 덕중(德中), 본관은 전주이다. 초명은 존성(存誠)인데, 1763년
영조의 명으로 개명하였다. 1741년에 생원시에 합격하였고, 한성부 판관,
옥과 현감(玉果縣監), 익위사 위솔(翊衛司衛率) 등의 관직을 역임하였다. 이수
광이 살던 도성의 남쪽 낙산 기슭에 살았다.

1　『서경집전(書經集傳)』에서 「요전(堯典)」의 편제(篇題)를 풀이하면서, 『설문
(說文)』의 해석을 인용하여 "전(典)은 책을 '책상 위에 두고 높여서 보관하는
것[兀上尊閣]'이다"라고 하였는데, 여기서는 성현(聖賢)을 대하듯이 소중하
게 보관한다는 뜻이다.

2　진(晉)나라 태보(太保)를 지낸 왕연(王衍)이 젊은 시절에 산도(山濤)를 방문하
자, 산도가 그를 보고 말하기를 "어떤 여인이 이런 아이를 낳았단 말인가.[何
物老嫗 生寧馨兒]"라고 감탄하였다. 원문의 '영형(寧馨)'은 진나라 때의 속어
로 '이런[如此]'이라는 말인데, 주로 자질과 풍채가 뛰어난 사람을 가리킨다.

3　당나라 이장길(李長吉)의 「금동선인사한가(金銅仙人辭漢歌)」에, "쇠란한 몸
으로 함양 길손 보내자니, 하늘이 정이 있다면 하늘도 늙으리라.[衰蘭送客咸
陽道 天若有情天亦老]"라고 했는데, 난(蘭)은 곧 난(孏)이요, 난(孏)은 난(嬾)
과 같다. 『당서(唐書)』에, "이정(李程)은 천성이 게으르다[嬾]."고 했으니,
쇠란(衰蘭)이란 쇠란(衰嬾)이다. 옛날에는 쇠란(衰嬾)이라고 칭했는데, 그 뒤
에 여(女) 자를 붙여서 난(孏)으로 만들었던 것이다. − 이익『성호사설』권28
「시문문(詩文門) 쇠란(衰蘭)」

104

평안도에 가는 신이로 후담을 전송하다
送愼耳老後耼西行

천 리 명승에 어버이[1] 모시러

이 가을에 도성을 나간다고 들었네.

나그네 행장엔 책 몇 권만 담겼고

그대 보낸 편지엔 말이 많지 않았지.

팔조법금[2] 남긴 가르침을 누가 능히 되살려

서도의 순후한 풍속을 다시 바로 세울까.

교화의 목탁 소리가 원기 따라 발현되면[3]

신령스런 박달나무[4] 가지 번성하리라.

名區千里奉晨昏。聽說乘秋出國門。

客子行裝惟數卷、故人書札不多言。

八條遺教誰能挽、一路淳風更可論。

木鐸聲從元氣盡、靈檀應有幾枝繁。

◇   이로(耳老)는 성호의 제자인 신후담(愼後耼, 1702~1761)의 자이다. 본관은
    거창(居昌), 호는 하빈(河濱)·돈와(遯窩)이다. 23세 되던 1724년에 성호를
    처음 만나 사제관계를 맺었는데, 두 번째 만난 3월 21일에 마테오 리치에
    관하여 설명을 듣고 문답을 기록하여 「갑진년 봄에 이성호를 만나 뵙고 들은
    것을 기록하다. (성호의) 이름은 익(瀷)이고, 안산에 산다.[甲辰春 見李星湖紀
    聞 名瀷 居安山]」라는 글을 정리하였다. 이런 식으로 성호와 몇 차례 문답하
    고, 『천주실의(天主實義)』를 비롯한 『영언여작(靈言蠡勺)』, 『직방외기(職方
    外紀)』 등을 읽은 뒤에 본격적으로 『서학변(西學辨)』을 지어 천주교를 비판하
    였다. 주로 『중용(中庸)』과 『주역(周易)』 연구에 힘을 쏟았다.

105

1 신후담의 아버지 신귀중(申龜重, 1682~1744)은 익창부원군 신수근(愼守勤)
   의 7대손인데, 영조가 1739년에 단경왕후(端敬王后) 신 씨(愼氏)의 위호(位
   號)를 복구하고 그를 병조정랑으로 삼아 온릉(溫陵) 보수하는 직임을 맡겼
   다. 얼마 뒤에 용강현령(龍岡縣令)으로 부임할 때에 성호가 이 시를 지었다.
   그가 성호와 친하였으므로 아들 신후담이 성호에게 찾아와 배웠으며, 그가
   세상을 떠나자 성호가 「병조정랑 신공 묘갈명 병서[兵曹正郞愼公墓碣銘 幷
   序]」를 지었다.

2 은나라가 망한 뒤에 기자(箕子)가 주나라 무왕(武王)으로부터 조선(朝鮮)에
   봉해져, 조선에 들어와 예의, 전잠(田蠶), 방직 등을 가르치고 팔조법금(八條
   法禁)을 행하였다고 한다. 이 가운데 '사람을 죽인 자는 즉시 죽인다.[相殺以
   當時償殺]', '남에게 상해를 입힌 자는 곡물로써 배상한다.[相傷以穀償]', '남
   의 물건을 훔친 자는 데려다 노비로 삼되, 돈으로 속죄하고자 하면 1인당
   50만 전을 내야 한다.[相盜者 男沒入爲其家奴 女子爲婢 欲自償者 人五十萬]'의
   세 조목이 『한서(漢書)』 권28 「지리지(地理志)」에 전해지고 있다.

3 『논어(論語)』 「팔일(八佾)」에 의봉인(儀封人)이 공자(孔子)를 보고 물러 나
   와, "하늘이 공자로 하여금 목탁(木鐸)이 되게 하시리라." 하였고, 주에, "하
   늘이 공자로 하여금 사방에 주류(周流)하면서, 목탁을 치며 도로를 순행하듯
   그 교화(敎化)를 펼 것이다." 하였다. 이 시에서는 신귀중, 또는 그의 아들
   신후담에게 기대를 건다는 뜻이다.

4 『삼국유사(三國遺事)』 「고조선(古朝鮮)」 조에 "환웅(桓雄)이 삼천 무리를 거
   느리고 태백산 마루 신단수(神壇樹) 아래에 내려와 그곳을 신시(神市)라고
   하였다." 했으니, 단군(檀君) 왕검(王儉)이 신단수 아래에서 정사를 펼쳤으
   므로 그 가지가 번성하기를 빈 것이다.

내가 일찍이 꿈에 시를 지었는데 끝 구절이 운이 맞지 않으므로 고쳐서 절구 한 수를 마무리하였다
余嘗夢得詩末一句韻不協改成一絶

조용히 실천해야 할 예법이[1] 갈수록 진부해지니
유자의 기량을 펼 곳은 산림 천석(山林泉石)뿐일세.
기름과 송진으로 불 밝히고는
밤에 경전 보면서 홀로 서글퍼하네.

禮法從容歸腐朽。儒家伎倆合林泉。
脂油松瀝俱堪照、夜對遺經獨悵然。

---

1 주희가 자신의 화상(畫像)에 대한 자찬(自贊) 「서화상자경(書畫像自警)」을
지어 자신을 경계하였는데, "예법의 마당에서 조용히 실천하고, 인의의 부고
에서 침잠한다.[從容乎禮法之場 沈潛乎仁義之府]"라고 하였다.

지난 만력 경신년 늦봄에 나의 증조부 이 상공이
조정의 여러 공들과 함께 청풍계에서 같이 노닐며
시를 짓고 그림으로 그린 것이 집안에 전해 내려왔
는데, 이제 121년이 되어 갑자가 두 번 돌아왔다.
우리 친족들이 그날 함께 노닐었던 공들의 후손들
과 약속하여 다시 청풍계 가에 모여서 즐겁게 놀다
가 헤어졌다. 나는 병이 있어 참석하지 못하였으
므로, 추후에 선조의 시에 차운하여 감회를 시로
적어 보았다

往在萬曆庚申暮春曾王考貳相公與同朝諸公同遊於靑楓溪
賦詩作圖爲傳家物今歷一百二十有一年而甲子再周矣宗人
約束當日同遊諸公之後孫復會於溪上盡歡而罷余病不能赴
追次先祖韻志感 二首

1.

옛날 올랐던 곳에 아직도 누대가 남아 있어
공들께서[1] 거기 함께 모여[2] 술잔을 나누었네.

◇ 이상(貳相)은 찬성(贊成)의 별칭이니, 이 상공은 좌찬성을 지낸 증조부 이상
의(李尙毅, 1560~1624)를 가리킨다. 이상의의 자는 이원(而遠)이고, 호는
소릉(少陵)·오호(五湖)이며, 시호는 익헌(翼憲)이다.
청풍계(靑楓溪)는 인왕산(仁王山) 동쪽 기슭의 북쪽에 있는 계곡으로 지금의
종로구(鐘路區) 청운동(靑雲洞) 54번지 일대이다. 푸른 단풍나무가 많아서
그렇게 불렸으나, 이곳에 김상용(金尙容, 1561~1637)이 태고정(太古亭)을
지으면서부터 맑은 바람이 있는 계곡이라는 뜻의 '청풍계(淸風溪)'로 명칭이
바뀌어 불렸다.

지금 사람의 대화 속에 그 맑은 향기 전해지고
낡은 종이 무더기에 시화첩[3]이 남아 있구나.
육십갑자 두 번 돌아 세월 멀어졌으나
경신년 다시 오면서 봄도 찾아왔네.
누가 알았으랴 백여 년이 지난 뒤에
후손들 다시 모여 함께 취하게 될 줄이야.

往昔登臨尙有臺。羣公簪盍此傳桮。
淸芬未沫今人話、佳什猶存故紙堆。
甲子屢周應歲遠、庚申重返又春來。
誰知百有餘年後、苗裔躋扳共醉回。

백 년 넘게 집안에 전해오던 청풍계첩을 찾아낸 사연을 성호가 「청풍계첩
말미에 삼가 쓰다[敬書靑楓溪帖後]」라는 제목으로 기록하였다. "을묘년(1735)
초봄에 사당(祠堂)에 사고가 일어났는데, 일이 처리된 뒤 집안에 전해 오는
옛 물건들을 뒤적이다가 청풍계(靑楓溪) 시화축(詩畫軸)을 찾아냈다. 이것은
우리 증조부 이 상공(貳相公)이 석루공(石樓公, 이경전) 등 여러 공들과 청풍
계 시냇가의 태고정(太古亭)에 노닐면서 시를 지어 차례로 쓰고 그림으로
그려 후세에 보인 것이다."

1 성호의 『청풍계첩』 발문에는 아계(丫溪) 이산해(李山海)의 아들인 석루(石樓)
  이경전(李慶全)과 진사(進士) 최희남(崔喜男)의 이름만 기록되어 있는데, 그
  밖에도 김신국(金藎國)·민형남(閔馨男)·이덕형(李德泂)·이필영(李必榮)을 포
  함하여 7명이 모이고, 집주인 김상용은 지방에 있어 참석치 못하였다.
2 『주역』「예괘(豫卦) 구사(九四)」에 "말미암아 즐거워하는지라 크게 얻음이
  있으니, 의심하지 않으면 벗들이 모여들리라.[由豫 大有得 勿疑 朋盍簪]"하
  였는데, 그 주에 "합(盍)은 합(合)의 뜻이요, 잠(簪)은 빠르다는 뜻이다."라고
  하였다.
3 『청풍계첩』에는 상춘(賞春)의 감흥을 노래한 시 17수와 발문 1편, 계회도(契
  會圖)가 실려 있는데, 예산군 정산종택에 원본이 있고, 성호박물관에 성호가
  제작하게 한 모사본이 있다.

청풍계 모사본 [안산 성호박물관]

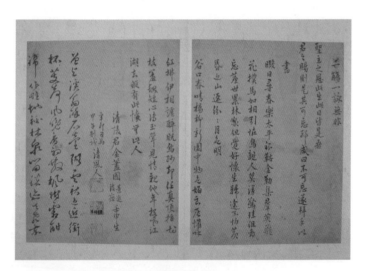

청풍계첩 시

110

딸을 시집보내며
送女

사랑하고 애쓰며[1] 기른 딸 규방에 있었는데
다른 집에 보내어 효부가 되게 하네.
시집가면 마땅히 친정 부모 떠나서[2]
마음 다해 시부모를 오롯이 섬겨야지.
산천이 얼어붙어 가기가 어려운데
골육과 헤어지려니 가슴이 아프구나.
눈보라 속 한 줄기 숲에 난 길로
석양을 밟으며 말이 떠나가네.

勤斯育女在閨房。送與佗家作孝娘。
有行固應辭父母、專心惟可事尊章。
山川凍合憂難徹、骨肉分張意自傷。
一路平林風雪裏、任敎歸馬踏斜陽。

◇ 성호는 딸이 하나였으므로, 지봉 이수광의 5대손인 이극성에게 시집보내며
   지은 시이다.
1 『시경』「치효(鴟鴞)」에 "사랑하고 애쓰면서 자식을 기르느라 노심초사했
   네.[恩斯勤斯 鬻子之閔斯]"라고 하였다.
2 『시경』「천수(泉水)」에 "여자가 시집가면 부모 형제를 멀리하게 되네.[女子
   有行 遠父母兄弟]"라고 하였다.

안경에 대한 노래
靉靆歌

시골 늙은이 노쇠하여 눈이 침침해졌는데
인력으로 늙은이를 젊게 바꾸어 놓았구나.
동전 같은 두 유리알에 뿔로 만든 테를
침침한 눈에 걸치니 교묘한 힘을 내네.
책상 가득 쌓인 책을 밝게 대하여 읽으니
파리 머리 같은 글자가 하나하나 구분되네.
묻노니 어디에서 이 물건을 얻었는가
머나먼 구라파에서 처음 들어왔다네.
구라파 사람들이 처음 만든 이 물건
금비(金篦)로 망막 긁어 수술한 것과 같구나.[1]
어두운 방에 밝은 달빛이 어찌 허황된 소리이랴
내 집에 촉룡(燭龍)[2]이 왔대도 과장이 아닐세.
어리석은 사람은 눈이 커졌나 의심하고
소년들은 장난삼아 털끝 다투어 보며 논다네.
내 듣기로는 성인이 눈의 힘을 다 써서[3]
법도를 전해 주어 이름을 남겼다는데,
아아! 안경이야말로 지극한 보배일세
그 공이 천금보다 더 크다 하리라.[4]

112

野翁衰朽明欲喪、人力能教老變少。
玻瓈雙錢角爲匡、持暎昏眸發天巧。
羣書滿案炯相對、一一可辨蠅頭小。
借問何從得此物、初來遠自歐羅巴。
歐羅巴人創新制、金篦括膜還同科。
暗室明月豈虛語、寒門燭龍應非過。
癡人錯疑眼孔大、少年戲與秋毫爭。
吾聞聖人竭目力、繼之規矩傳後名。
嗚呼至寶瑿䃜鏡、厥功更大千金輕。

---

1 『법언주림(法言珠林)』에 "후주(後周) 장원(張元)이 그의 조부가 시력을 잃게
  되자 근심하던 중 『약사경(藥師經)』을 읽다가 맹자(盲者)도 눈을 뜬다는 말
  을 보고서 중에게 청하여 마침내 의식(儀式)에 따라 이레 동안 전송(轉誦)하
  였는데, 꿈에 한 노인이 금비로 그의 조부의 눈을 치료하며 하는 말이 '사흘
  만 지나면 눈이 나을 것이다.'라고 하였다." 하였다.
2 초나라 굴원(屈原)의 「천문(天問)」에 "태양이 이르지 않는 곳이 없을 텐데,
  촉룡이 어째서 비춰 주는가.[日安不到 燭龍何照]"라고 하였는데, 왕일(王逸)
  이 해설하기를 "하늘의 서북쪽에 해가 없는 어둠의 나라가 있는데, 그곳은
  용이 촛불을 입에 물고 비춰 준다.[天之西北有幽冥無日之國 有龍銜燭而照之
  也]"라고 하였다.
3 『맹자』「이루 상(離婁上)」에 "성인이 자신의 시력을 최대한 활용하여서 그림
  쇠, 곱자, 수준기, 먹줄 같은 도구를 만들어 이어지게 하였기 때문에, 네모,
  원, 수평, 직선을 그려서 이루 다 쓸 수 없게 되었다.[聖人旣竭目力焉 繼之以
  規矩準繩 以爲方員平直 不可勝用也]" 하였다.
4 두보(杜甫)의 시 「알문공상방(謁文公上方)」에 "금비로 내 눈을 틔어준다면,
  값이 거거 백 개보다 중하리.[金篦刮眼膜 價重百車渠]"라고 하였다.

등잔의 불꽃

燈焰

벽에 걸린 차가운 등잔[1]이 나를 비추는데
청명한 불빛 속에 피는 불꽃 산뜻하구나.
바람과 서리 비와 이슬이 모두 다른 세상이니
작은 집 희미한 등불은 밤마다 봄일세.

靠壁寒燈照向人。清明光裏發花新。
風霜雨露渾佗界、小屋殘缸夜夜春。

---

1 백거이(白居易)의 시 「불수(不睡)」에 "등잔 기름이 다하면서 불꽃도 짧아지
   고, 새벽 물시계 소리는 드문드문 길어지는구나.[焰短寒缸盡 聲長曉漏遲]"라
   고 하였다. 기름이 다 떨어져 가는 등잔을 한등(寒燈), 또는 한항(寒缸)이라
   고 한다.

경라재

儆懶齋

바닷가에 있는 고을 옛날 미추홀[1]
경라재[2]의 편액이 그곳에 걸렸네.
서재에서 성인이 남기신 경전을 송독하니
선고가 분명한 경계를 물려 주셨네.
거듭 당부한 스물여덟 자
계속 읽어 마음에 다짐을 하네.
부모 돌아가시자[3] 슬픔이 그치지 않아

---

1 주몽(朱蒙)이 북부여에 있었을 때 낳은 아들이 찾아와 태자가 되자, 비류(沸
流)와 온조(溫祚)가 태자에게 용납되지 못할 것을 두려워하여 오간(烏干),
마려(馬黎) 등 열 명의 신하와 함께 남쪽으로 떠나가자, 따르는 백성들이
많았다. 마침내 한산(漢山)에 이르렀다. (줄임) 비류는 그 말을 듣지 않고
자기 백성을 나누어 미추홀(彌鄒忽)로 가서 살았다. (줄임) 비류는 미추의
땅이 습하고 물이 짜서 편안히 살 수 없다고 하여 위례로 돌아와, 도읍이
안정되고 백성들이 태평한 것을 보고는 부끄러워 후회하다가 죽었다. -『삼
국사기』 권23 「백제본기1 시조 온조왕」
백제의 미추홀(彌趨忽)이 고구려 때에는 매소홀현(買召忽縣)이 되었으며, 신
라 경덕왕 때 소성(邵城)이라고 이름을 바꾸었다. 고려 숙종 때에 왕비의
고향이라고 하여 경원군(慶源郡)으로 승격시켰고, 인종(仁宗) 때 또 인주(仁
州)로 고쳤다. 조선 태종 때에 인천군(仁川郡)으로 고쳤으며, 세조 때에 도호
부(都護府)로 승격시켰다
2 경라재(儆懶齋)는 '나태함을 경계한다'는 뜻의 당호이다. 성호가 친구 윤 공
보(尹公輔)의 집을 방문하면서 인천에서 노닐기도 하고 그의 서재 사덕재(竢
德齋)의 기문을 짓기도 했는데, 그의 아들일 가능성이 있지만 더 이상의 자료
가 보이지 않아서 단언할 수 없다.

하늘 우러르며 소매 뒤집어[4] 눈물 훔쳤네.
슬픔 속에 참된 글 이어받아서
가슴에다 새겨 계승하였네.
집주인을 내 일찍이 알았으니
자주 물으며 언제나 예를 갖췄지.
좋은 가르침을 언제나 몸에 지녀
내게 보여준 것도 평소의 계책이었네.
거듭 잠언을 외우면서 감격하여[5]
그때마다 일일이 눈물 흘렸네.
양양한 그 말씀을 어찌 싫어하랴[6]
바라건대 이런 뜻 변치 마소서.
어른의 말씀 어찌 업신여기랴
후손에게 권면해 주려는 뜻뿐일세.

際海古彌鄒、徹懶齋扁揭。
齋中誦遺篇、先故留炯戒。
申申卄八字、口沫成心誓。
風樹苦不停、俛仰增反袂。
悽悲嗣眞作、銘佩是善繼。
主人余曾識、勤問儘有禮。
良箴動隨身、投示亦素計。
三復感白圭、一一渾帶涕。
洋洋敢射思、此意願無替。
耋言豈足屑、要將勸後裔。

3 『한시외전(韓詩外傳)』에 고어(皐魚)가 "나무가 고요하고자 하여도 바람이 그
   치지 않고, 자식이 봉양하고 싶어도 어버이는 기다려 주지 않는다.[樹欲靜而
   風不止 子欲養而親不待也]" 탄식하고는 서서 울다가 말라 죽었다고 하였다.
   원문의 풍수(風樹)는 '풍수지탄(風樹之歎)'의 준말이다.

4 『춘추』애공(哀公) 14년에 "봄에 서쪽으로 사냥 가서 기린을 잡았다.[西守獲
   麟.]고 하였는데, 『춘추공양전(春秋公羊傳)』에 풀이하기를 "공자가 '지금 세
   상에 훌륭한 군주가 없는데, 이 기린이 어찌하여 나왔단 말인가. 이 기린이
   어찌하여 나왔단 말인가.' 하고는 옷소매를 뒤집어 얼굴의 눈물을 닦았는데,
   눈물이 옷에 가득하였다.[孔子曰 孰爲來哉 孰爲來哉 反袂拭面 涕沾袍顔.]"라
   고 하였다. '반메(反袂)'는 '반메식면(反袂拭面)'의 줄인 말로, 소매를 뒤집어
   얼굴에 흐르는 눈물을 닦는다는 뜻이다.

5 『시경』「억(抑)」에 "흰 구슬의 티는 갈아 없앨 수 있거니와, 말의 허물은
   어찌할 수가 없다.[白圭之玷 尙可磨也 斯言之玷 不可爲也]"라는 구절을 남용
   (南容)이 세 번씩 되풀이하여 읽었다. 『논어』「선진(先進)」에 "남용이 백규의
   구절을 세 번씩 되풀이하여 읽자, 공자가 형의 딸을 그의 아내로 삼아 주었
   다.[南容三復白圭 孔子以其兄之子妻之]"라고 하였다. 이 시에서는 남용이 백
   규의 시를 외운 것처럼 경라재가 아버지의 가르침을 늘 상기했다는 뜻이다.

6 『중용장구(中庸章句)』제16장에 나오는 내용으로, "귀신의 덕(德)이 지극하
   다. (줄임) 양양하게 그 위에 있는 듯하며 그 좌우에 있는 듯하다. 『시경』에
   이르기를 '신(神)이 이르는 것을 예측할 수 없으니, 하물며 신(神)을 싫어할
   수 있겠는가.' 하였다.[鬼神之爲德 其盛矣乎 … 洋洋乎如在其上 如在其左右 詩
   曰 神之格思 不可度思 矧可射思]"라고 하였다.

사위 이극성을 그리워하며
懷李甥

가을 시든 초목처럼 마음이 스산하여
애타게[1] 성 모퉁이[2] 바라만 보네.
대대로 본분을 지켜[3] 구슬처럼 맑은 사람
관이재[4]라 이름한 건 혜안이 있었구나
바닷가에 병 심하니 바람 정말 시끄럽고
늦가을에 애끓으니 달 외로이 뜨누나
나귀 타고 오던 길 이끼 덮여 애달픈데
한 해가 가려 하니 괜스레 더 상심되네

懷緖秋凋不復穌。盈盈瞻眺屬城隅。
家傳素履人如玉、齋揭觀頤眼有珠。
水國病淹風正聒、霜天魂斷月來孤。
絶憐莣沒鞭驢徑、合遝空傷歲色徂。

◇ 성호는 딸이 하나였으므로, 제목에 보이는 이씨 사위[李甥]는 이극성을 가리
  킨다.
1 『문선(文選)』 고시(古詩)에 "애틋하게 은하수를 사이에 두고, 물끄러미 바라
  만 보고 말을 못하네.[盈盈一水間 脈脈不得語]"라고 하였다.

지봉 이수광이 살던 비우당(庇雨堂)이 낙산에 복원되었다.
이 옆에 이극성이 살았던 관이재가 있었다.

2 『시경』「정녀(靜女)」에 "단아한 예쁜 아가씨가 성 모퉁이에서 나를 기다리네
   [靜女其姝 俟我於城隅]"라고 하였다. '성 모퉁이[城隅]'는 보고 싶은 사람과
   만나는 장소라는 뜻으로 쓰이니, 이 시에서는 성호가 사위를 보고 싶은 마음
   을 표현한 것이다.

3 『주역』「이괘(履卦) 초구(初九)」에 "본래의 행함으로 가면 허물이 없으리라.
   [素履往 无咎]" 하였다. 원문의 '소리(素履)'는 본래에 행하던 대로 행하는
   것으로, 성실과 분수를 편안히 여기는 처세를 말한 것이다.

4 '관이'는 『주역(周易)』「이괘(頤卦)」의 "이는 정하면 길하니, 길러 주며 스스
   로 음식을 찾는 것을 살펴보아야 한다.[頤 貞 吉 觀頤 自求口實]"라는 구절에
   서 온 것으로, 바른 도로 남을 기르고 자신을 길러야 한다는 뜻이다. 이계주
   가 5대조 지봉(芝峯) 이수광(李睟光, 1563~1628)이 살던 비우당 옆에 초막
   을 짓고 관이재(觀頤齋)라는 편액을 걸고 아들 이극성(李克誠)을 머물게 하
   자, 성호가 「관이재 서[觀頤齋序]」를 지어 주었다.
   "근대의 재상인 지봉(芝峯) 이공(李公)이 종남산(終南山)에 집을 지었는데,
   방 한 칸을 두고 서쪽에 작은 대청을 만들었으며 문과 담장 안은 겨우 말을
   돌릴 정도로 좁았다. 공이 대대로 전형(銓衡)의 권한을 잡고 있어서 빈료(賓
   僚)나 비장(裨將)들이 어깨를 맞대고 함께 모여 있었지만 오히려 좁다고 혐

119

의하지 않았다. (줄임)

이제 들으니, (이계주가) 계단에서 몇 발짝 떨어진 곳에 별도로 작은 초막을 두어 관이재라고 이름을 내걸고는 그 아들 이극성이 조용하고 편하게 머물도록 하였다고 한다. 이극성은 바로 나를 장인이라고 부르는 자인데, 어질고 문장이 있어서 약관에 벌써 진사가 되었지만 더욱 부지런히 공부에 힘썼으며 성품 또한 조용하니, 집안 어른들이 모두 그를 가리켜 지봉공(芝峯公)의 유풍이 있다고 말하였다. 그가 마침내 나에게 한마디 해 주기를 청하기에 내가 생각해보니, 지난 일의 감계로 삼을 것은 조상만 한 것이 없고 증거로 삼는 데는 옛 자취만 한 것이 없다. 그 문에 들어서서 위아래로 우러러보고 굽어보면 사람은 남아 있지 않으나 그 일이 아직 남아 있으니, 이로써 본보기를 삼아 기른다면 마음을 거의 얻을 수 있을 것이다. 힘쓰도록 하라."

흥취가 일어
寓興

한 굽이 외진 성호촌[1]에서
번뇌하는 마음을 베어 버렸네.
날 따뜻해지자 벌들은 꿀을 모으고[2]
바람 멎으니 새들이 편안히 쉬네.
옛일은 큰 교목[3]에 다 남아 있고
새로운 지식은 이서[4]에서 얻네.
우연히 지팡이 짚고 나와서
눈길 닿는 데까지 들판을 보네.

一曲星湖社。煩心已劃除。
日和蠭養蜜、風靜鳥安居。
舊事留喬木、新知得異書。
偶然扶杖出、極目看郊墟。

1　『주례(周禮)』에서 25가(家)를 사(社)라고 하였다. 원나라에서는 50가를 1사
　　로 하고 나이 많은 사람을 장(長)으로 하여 권농에 힘썼으므로, 이 영향으로
　　고려 말 조선 초에 함경도지방의 종래의 촌(村)이나 진(鎭)이 사로 개편되었
　　다. 『동국여지승람』에서도 "사(社)는 이(里)와 같다. 함경도인은 이를 모두
　　사라고 칭한다."라고 하여, 함경도에만 있는 독특한 행정구역임을 밝혔다.
　　이 시에서는 성호가 일생을 보냈던 안산의 첨성리(瞻星里) 마을을 가리킨다.

2　성호가 벌을 쳤기에, 『성호전집』 권48에 「봉밀찬(蜂蜜贊)」이 실려 있다.

3　『맹자(孟子)』 「양혜왕 하(梁惠王下)」에 "고국(故國)이란 교목(喬木)이 있는 것을 이른 말이 아니라, 세신(世臣)이 있는 것을 이른 말입니다.[所謂故國者 非謂有喬木之謂也 有世臣之謂也]"라고 하였다. 교목은 가지가 무성하고 곧게 자란 높은 나무로, 여러 대에 걸쳐 중요한 자리에 있으면서 국가와 운명을 함께하는 집안이나 훈구(勳舊)의 신하를 이른다.

4　이서(異書)는 기이한 책인데, 구체적으로 어떤 책인지는 경우에 따라서 다르다. 대개는 유학 경전에서 거리가 멀거나 남들이 흔히 보지 않는 책을 가리킨다. 『선조실록』 40년(1607) 5월 5일 기사에서는 "문장을 좋아하고 학문을 일삼는 자라면 누가 이서(異書)를 섭렵하여 견문을 넓히지 않겠습니까만, 허균이 불경을 외고 읽는다는 것은 이런 경우를 두고 말하는 것이 아닙니다."라고 하여 불경(佛經)은 독서인들이 용인하는 이서의 범주를 벗어난다고 비판하였다. 진산에 사는 선비 윤지충이 모친상을 당하여 신주를 불 사르고 제사를 지내지 않자, 좌의정 채제공이 "요즘 서학(西學)의 책으로 인한 폐해를 어찌 이루 다 말할 수 있겠습니까. 그 실상은 불서(佛書)와 대동소이 하지만 이전에는 사특한 학설이라는 이유로 사람들이 가져다 보지 않았는데, 근래에는 이서(異書)를 보기 좋아하기 때문에 미혹되어 돌아올 줄 모르는 자가 있습니다."라고 말하여 이서(異書)를 서학서(西學書)의 뜻으로 사용하였다. 이 시에서 "새로운 지식은 이서에서 얻네."라고 하였으니, 서학(西學) 서적임이 분명하다.

을축년 여름에 꿈속에서 한 연을 얻었기에, 마침내 보태어 여덟 구를 완성하였다
乙丑夏夢得一聯遂補成八句

책상 위의 책은 먼지가 쌓이도록 내버려 두고
세상을 눈으로 맘껏 보았으니 물정을 알겠네.
오경(五更)에 닭소리 듣고 베개 밀치고 일어나고[1]
십 년 동안 봉황을 노래하며[2] 바닷가를 거닐었네.
고운 얼굴 쇠하였으니 마음을 어디에 부칠거나
시름과 병이 번갈아 오니 꿈속에서도 놀라네.
강호에 옛 달만이 변함없이 떠올라
유독 우리 집을 밝게 비추어 주네.

牀書一任素塵生。閱眼多應審物情。
五夜聞雞推枕起、十年歌鳳傍溟行。
容華已逝心何賴、愁病交侵夢亦驚。
惟有江湖舊時月、流光偏爲自家明。

◇ 내가 꿈속에서 시를 짓는 적이 있는데, 기억 못하는 것이 많고 기억하는 것은 한 두 구(句)에 지나지 않는다. (줄임) 요즘 꿈속에서 시 한 구를 얻었다.

> 첫새벽 닭소리 들으며 베개에서 일어나고
> 십 년 동안 봉새를 노래하며 바닷가에 거닐었네.

라는 구절인데, 대(對)도 잘 되어 가작(佳作)임에 틀림없었으나, 내 신분에는 어울리지 않는 글이었다. 옛사람의 말에, "사람이 꿈에서 자신의 운명을 점칠 수 있다." 하였는데 나도 혹시 알지 못하는 사이에 소홀함이 있어 이런 꿈을 꾼 것이 아닌지, 몹시 두려웠다. 그래서 위아래로 보충하여 칠언율시 1수를 이루었다.

> 책상 위에 서적 티끌만 쌓였는데
> 펼쳐 본 지 오래니 응당 세정에 익숙하리

그리고 위의 구를 이어 지었다.

> 백발은 덧없이 찾아오니 마음만 서글프고
> 근심과 병 끊임없이 침노하니 꿈속에도 놀랐어라
> 오직 강호 위에 둥근달 남아 있어
> 맑은 빛 우리 집에 유난히도 비쳐 주구나.
> — 이익, 『성호사설』 권14 「몽시(夢詩)」

을축년은 1745년이니, 성호가 65세 되던 해이다. 부인이 만경현감으로 부임하는 아들 맹휴를 따라가 머물다가, 이듬해에 세상을 떠났다.

1 진(晉)나라 때 강개(慷慨)한 지절(志節)로 명성이 높았던 조적(祖逖)이 일찍이 자기 친구 유곤(劉琨)과 함께 사주 주부(司州主簿)가 되었을 때, 유곤과 한 이불을 덮고 자다가 한밤중에 때 아닌 닭 울음소리를 듣고는 유곤을 발로 차서 깨웠다. "이것은 나쁜 소리가 아니다.[此非惡聲也.]"하고는 일어나서 춤을 덩실덩실 추었다. - 『진서(晉書)』 권62 「조적열전(祖逖列傳)」

2 춘추시대 초(楚)나라의 은자(隱者)인 접여(接輿)가 무도한 세상에서 은거하지 못하는 공자(孔子)를 비난하는 뜻에서, 공자의 집 문 앞을 지나면서 노래하였다. "봉황이여! 봉황이여! 어찌 그리도 덕이 쇠했는가. 지나간 것은 간할 수 없거니와 오는 것은 오히려 따를 수 있으니, 그만둘지어다! 오늘날 정사에 종사하는 자들은 위험하도다.[鳳兮鳳兮 何德之衰 往者不可諫 來者猶可追 已而已而 今之從政者殆而]" - 『논어(論語)』 「미자(微子)」

칠석에 비가 내리지 않다

七夕無雨 二首

1.

칠석에 장맛비가 예부터 내렸는데
어찌 하루 종일 하늘이 맑기만 한가.
견우의 헛된 전설[1]을 어찌 믿으랴만
어쩌면 성관[2]이 추보(推步)[3]를 잘못한 것인가.

重七霖霏自古然。如何盡日見晴天。
牽牛浪說何曾信、只恐星官步或愆。

---

1 견우가 직녀를 만나기 위해 그 전날 자신이 타고 갈 수레를 미리 씻기 때문에, 칠석 전날 내리는 비를 세거우(洗車雨)라고 한다.

2 천문학을 담당하는 관원인데, 구체적으로는 관상감(觀象監)의 판관(判官), 주부(主簿), 교수, 직장(直長), 봉사(奉事), 훈도(訓導) 등을 가리킨다.

3 『후한서(後漢書)』 권38 「풍곤전(馮緄傳)」에 "풍곤의 아우 풍윤(馮允)이 청렴하고 효행이 있으며, 『상서(尙書)』를 잘 이해하고 추보(推步)의 방법에 능하였다."라고 하였는데, 이현(李賢)의 주에 "추보(推步)는 일월(日月)·오성(五星)의 도수와 혼단(昏旦)·절기(節氣)의 차이를 궁구하는 것이다."라고 하였다. 이 시에서는 관상감에서 올해 책력을 제작하면서 칠석 날짜를 잘못 계산했다는 뜻으로 썼다.

2.

비 내릴 기미가 없어 조물주를 나무라지만
대롱으로 하늘을 엿보는[4] 것도 어리석구나.
누가 알랴! 대지의 산하가 광대하여
곳곳마다 흐리고 맑음이 같지 않을는지.

待雨無徵詰化工。窺天一管亦愚蒙。
孰知大地山河廣、處處陰晴自不同。

---

4 『장자』「추수(秋水)」에 "이는 바로 대롱 구멍으로 하늘을 보고 송곳으로 땅
   을 가리키는 격이니, 또한 작지 아니한가.[是直用管窺天 用錐指地也 不亦小
   乎]"라고 하였다.

일본도
日本刀歌

부상¹에 이글거리는 해가 참된 정기를 길러
바다를 용광로 삼아 철검을 뽑아내었네.
칼집 속에 가을 물빛²을 깊이 감추고
보기(寶氣)를 밤마다 쏘아 동제학³을 비추었네.

◇ 미수(眉叟)는 백호(白湖) 임제(林悌)의 외손자이다. 백호가 일본 상인에게
　고검(古劍) 한 자루를 구입하였는데, 나중에 이 칼이 허씨(許氏) 집안의 물건
　이 되었다. 내가 일찍이 이 칼을 보았더니, 눈빛처럼 흰 광채가 사람을 쏘았
　다. 한여름에 칼집에서 뽑아 벽에 걸어 놓으면 칼끝에 이슬방울이 맺혀서
　떨어진다고 한다. ─『성호사설』권5「만물문(萬物門)일본도」

1　동방삭(東方朔)의「해내십주기(海內十洲記)」에 "부상은 동해의 동쪽에 있
　다.[扶桑在東海之東.]"라고 하였고, 장형(張衡)의「서경부(西京賦)」에 "해가
　부상(扶桑)에서 떠올라 몽사로 넘어간다."라고 하였다.『양서(梁書)』「부상
　국전(扶桑國傳)」에 "부상은 대한국(大漢國) 동쪽 2만여 리에 있는데 그 지역
　이 중국의 동쪽에 있다. 그 땅에 부상목(扶桑木)이 많기 때문에 이름한 것이
　다."라고 하였다. 이 기록들에서 말하는 부상의 위치와 방향이 일본과 같으
　므로, 그 뒤에는 부상이 일본을 가리키는 말로 쓰였으며, 조선 후기 일본에
　통신사로 다녀온 문인들이 기행일기 제목을『부상록(扶桑錄)』, 또는『부상
　일기(扶桑日記)』라고 하였다.

2　소식(蘇軾)의「곽상정가취화죽석벽상……(郭祥正家醉畫竹石壁上……)」시에
　"보내 주신 한 쌍의 동검은 가을 물처럼 빛나고, 두 수의 새로 지은 시는
　칼날과 빛을 다투네.[一雙銅劍秋水光 兩首新詩爭劍鋩]"라고 하였다.

3　제잠(鯷岑)은 우리나라를 가리켜 말하는 것이다.『한서(漢書)』에 "회계해(會
　稽海) 밖에 동제학이 있으니 그 지역을 나누어 20여 국이 되었고, 세시(歲時)
　가 되면 와서 조공(朝貢)을 바쳤다." 하였으며, 좌사(左思)의「제도부(齊都
　賦)」에 "그 동쪽에는 창명(滄溟)과 제학이 있으니, 그 바다는 넓고 넓어 이루
　헤아릴 수 없다." 하였다. 제(齊)의 동해(東海) 밖에는 오직 우리나라가 있을

천하의 남자 임백호⁴여!

포부가 웅건하여 소국에 용납되지 못하였네.⁵

떠돌아다니던 검이 마침내 주인에게 돌아갔건만⁶

태평시절 쓸 일이 없어 벽에 걸려 있었네.

때때로 칼집에서 뽑히면 서릿발 광채를 뿜어

귀신과 도깨비가 소굴을 지키지 못하였네.

___

뿐이다. 제(鯷)의 일명은 점(鮎)이요, 일명은 언(鰋)이니 메기이다. 머리는
크고 꼬리는 작으며 등은 검푸르고 비늘이 없으며, 침이 많고 머리는 넓적하
며 두 눈은 위로 붙었고 넓적한 배로 땅에 붙어 사는 고기니, 지금은 못에
많이 있다. 제잠은 제학으로 인하여 이름을 붙이게 된 것이다. ─『성호사설』
「제잠(鯷岑)」

동제학(東鯷壑)은 우리나라를 가리키는 말이다.

4 백호(白湖)는 임제(林悌, 1549~1587)의 호로, 자는 자순(子順), 본관은 나주
   (羅州)이다. 백호는 옥과현(玉果縣)에 있는데, 무진장(無盡藏)이라고도 한
   다. 1577년 문과에 합격하고 평안도사(平安都事), 예조정랑 등의 관직을 역
   임하였다. 성격이 호방하여 얽매이는 것을 싫어하였으며, 검(劍)과 피리를
   좋아하였다.

5 백호 임제는 기개가 호방하여 예법에 구속받지 않았다. 그가 병이 들어 죽게
   되자 여러 아들이 슬피 부르짖으니 그가 말하기를, "사해(四海) 안의 모든
   나라가 제(帝)를 칭하는데, 유독 우리나라만이 예부터 그러지 못했으니 이와
   같은 누추한 나라에 사는 신세로서 그 죽음을 애석히 여길 것이 있겠느냐."
   하고는 곡(哭)하지 말라고 하였다. 그는 또 항상 우스갯소리로 말하기를 "내
   가 만약 오대(五代)나 육조(六朝) 같은 시대를 만났다면 돌아가면서 하는 천
   자(天子)쯤은 의당 되고도 남았을 것이다." 하였다. ─『성호사설』권9「인사
   문(人事門) 선희학(善戲謔)」

6 외조부 백호공께서 벼슬하지 않았을 때에 바닷가에 유람을 가셨다. 만이(蠻
   夷)의 상인이 공을 만나 매우 기뻐하여, 상자 속의 검을 꺼내 주면서 "신표(信
   標)로 드리는 것입니다." 하였다. 공께서 받으시고 옷을 벗어 주어 사례하였
   다. 이 고검은 길이가 한 자 남짓 되고, 아침이 되면 칼날에 물방울이 맺힌다.
   ─ 허목 『기언(記言)』「검(劍)」

미수[7] 선생이 택상을 이루고[8] 나서
검을 지니고 연천 골짜기로 은퇴하시고는,
왼편에는 신라금[9]을 두어 산수를 연주하고
오른편에는 일월석[10]을 두어 천지를 밝히셨지.
평생토록 일편단심 간직했으니

7 허목(許穆, 1595~1682)의 호인데, 자는 문보(文甫), 본관은 양천(陽川)으로,
   정구(鄭逑)의 문인이다. 어머니는 백호 임제의 딸이고, 아내는 영의정 이원
   익의 손녀이다. 유일(遺逸)로 우의정에 올랐으며, 남인의 영수로 활약하고,
   전서(篆書)를 완성하였다.

8 진(晉)나라 사도(司徒) 위서(魏舒)가 어려서 외가인 영씨(寧氏) 집안에서 양
   육되었는데, 집터의 풍수[宅相]를 볼 줄 아는 이가 "귀한 외손자가 나올 상이
   다.[當出貴甥]"라고 하니, 위서가 "내가 이 집의 풍수대로 이루어 외가를
   빛내겠다.[當爲外氏成此宅相]"라고 한 고사가 『진서(晉書)』 권41 「위서열전
   (魏舒列傳)」에 실려 있다. 허목도 외가 집터의 풍수대로 이루어 정승이 되었
   다는 뜻이다.

9 미수 허 선생이 옛날 신라의 거문고를 가지고 있었다. 만력(萬曆) 무렵에
   학림공자(鶴林公子)가 관동(關東)을 유람할 때에 신라 경순왕(敬順王)이 쓰던
   거문고를 얻어서 그 제도를 전해 왔는데, 마침내 허씨 집안의 물건이 되었다
   고 한다. 처음에 진(晉)나라 사람이 칠현금(七絃琴)을 신라에 선물로 주었는
   데, 그때 제이상(第二相) 왕산악(王山岳)이 줄 하나를 줄이고 휘(徽)를 바꾸어
   서 과(棵)로 만들었다. 이 거문고는 타기만 하면 현학(玄鶴)이 날아와서 춤을
   추기에 그 이름을 현학금(玄鶴琴)이라 했다는데, 지금 이 신라금도 반드시
   그 제도일 것이다. ―『성호사설』 권5 「만물문(萬物門) 신라금(新羅琴)」

10 내가 동산을 거닐다가 돌 하나를 발견하였다. 모나지도 둥글지도 않고, 기이
   한 모양도 아니었다. 우거진 풀 속에서 크기가 한 말이 넘어 보이는 창연한
   돌이 있기에 얼핏 보니 이끼 사이로 물빛처럼 투명한 것이 어려 있는데, 햇빛
   이나 달빛을 받으면 털끝까지 환히 비출 정도여서 바로 볼 수 없었다. 산과
   물에 사는 악귀와 괴물이 제 모습을 감출 수 없어서 사람으로 하여금 깜짝
   놀라게 하니, 귀신이 아닌지 의심하게 한다. 이 돌을 일월석이라 이름 붙이고
   섬돌 위로 옮겨 두고는, 제 모습을 비춰 보는 사람들에게 부정한 마음을 먹는
   것을 경계하도록 하였다. ― 허목 『기언(記言)』 권14 「석경기(石鏡記)」

가볍게 취하면 어루만지며 격하게 노래했지.

기름칠한 칼날에 어찌 이끼가 끼랴

한밤중에 이슬방울 떨어지는 소리도 고요히 들리네.

비유컨대 초야에 묻힌 군자가

옥을 품고[11] 팔지 않으니 누가 알아주랴.

그대에게 권하노니, 구천 위 임금께 올리게나

듣자니 암암리에 변방의 시름이 쌓였다네.

아니면 연평진 천 자 물속에 던져서

암수가 서로 어울리도록 내버려 두게나.[12]

훗날 다시 물에서 나와 세상에 쓰일 줄 어찌 알리오

나는 늙어 풍진세상 맑아지는 날을 보지 못하리라.

扶桑爀日養眞精、洋海爲爐鐵劒躍。
匣中深藏秋水光、寶氣夜射東鯤𡐩。
天下男子林白湖、心雄不堪容小國。
流傳畢竟物歸主、時平無事掛閒壁。
有時拔鞘霜雪騰、鬼魅不敢守窟宅。
眉叟先生成宅相、提攜歸老漣川谷。

---

11 『노자(老子)』 제70장에 "나를 아는 자가 드물고 나를 본받는 자도 적으므로, 성인은 굵은 베옷을 입고 속에는 보배로운 도를 품고 있는 것이다.[知我者希則我者貴 是以聖人被褐懷玉]"라고 하였다.

12 진(晉)나라 뇌환(雷煥)이 용천(龍泉)과 태아(太阿) 두 명검을 얻어 하나는 자기가 차고 하나는 장화(張華)에게 주었는데, 그 뒤에 장화가 주살(誅殺)당하면서 그 칼도 없어졌다. 뇌환의 칼을 아들이 차고 다니다가 복건성(福建省) 연평진(延平津)에 이르렀을 때, 차고 있던 칼이 갑자기 물속으로 뛰어들면서 없어졌던 장화의 칼과 합하여 두 마리의 용으로 변한 뒤 사라졌다는 고사가 『진서(晉書)』 권36 「장화전(張華傳)」에 실려 있다.

左新羅琴山水絃、右日月石乾坤燭。
平生肝膽一片在、微醺緩撫歌聲激。
瑩膏寧受落繡迹、中宵寂聽微露滴。
比如屮昧君子身、懷玉不衒誰能識。
勸君獻之九天上、聞道暗暗邊愁積。
不然投棄延平千尺淵、任敎雄與雌相逐。
安知異時不復出水爲世需、吾老不見風塵廓。

옥동금

성호박물관에는 성호의 셋째 형인 옥동(玉洞) 이서(李漵, 1662~1723)가
금강산 만폭동의 벼락 맞은 오동나무로 만들어 연주하던 거문고가 전시되어 있다.

일본에 가는 최칠칠을 보내며
送崔七七之日本 三首

2.

구군의 산천을 두루 많이 유람하리니[1]
가슴속에 과연 무엇을 담아 오려나.
지난날 서복이 신선 찾아[2] 갔던 땅에
다시 성초[3]를 좇아 말 타고 지나가리라.

九郡山川歷覽多。胸中包括果如何。
當年徐福求仙地、又逐星軺按轡過。

3.

못나고 게으르게 살다보니 장관을 보지 못해
하늘 너머 기이한 유람이 물결에 막혔네.
부상 가지에 걸린 태양의 진면목을
부디 잘 그려 와서 나에게 보여주시게.

拙懶平生欠壯觀。奇遊天外隔波瀾。
扶桑枝上眞形日、描畫將來與我看。

화원 이한철이 그린 최북 초상

◇ 최북(崔北, 1712~1786)의 자는 칠칠(七七)인데, 세상 사람들은 그의 족보와 본관을 몰랐다. 자기의 이름[北]을 둘로 나누어서 자(字)를 만들어 당시에 행세했다. 그림은 잘 그렸지만 한쪽 눈이 없는 애꾸여서, 늘 안경을 쓰고 화첩에 반쯤 얼굴을 대고서야 본그림을 본떴다.

술을 좋아하고 놀러 다니기를 또한 즐겼다. 금강산 구룡연(九龍淵)에 갔다가 너무 즐거워 술을 많이 마시고 몹시 취했다. 통곡하다간 웃고 웃다간 통곡했다. 그러다가 부르짖기를 "천하 명인 최북이 천하 명산에서 죽는다"하더니 곧 몸을 날려 연못으로 뛰어내렸다. 그러나 곁에서 구해준 사람이 있어 바다까지 떨어지진 못하고, 들것에 실려 산 아래 큰 바위로 옮겼다. ─ 남공철, 「최칠칠전」, 허경진 편, 『조선평민열전』

1 이 임무는 나라의 명령이어서 의리상 감히 사양할 수 없다. 사람이 좁은 지역에 태어나서 보는 것이라고는 수백 리에 불과하여 올라가 조망(眺望)하면서 심흉(心胸)을 넓힐 수 있는 높은 산과 큰 하천이 없으며, 제자백가의 책을 두루 읽더라도 고인(古人)의 묵은 자취에 불과하다. 그 지기(志氣)를 분발하기에 부족하니, 끝내 이렇게 묻혀 죽을까 두렵다. 결연히 떠나 바다를 건너 동쪽으로 가서 천하의 기이한 이야기와 웅장한 경치를 찾아 천하의 광대함을 알아보고 돌아오려고 한다. - 이현환(李玄煥)의 「일본에 가는 최북 칠칠을 전송하는 서문[送崔北七七之日本序]」에 실린 최북의 포부
최북은 1748년에 조선 후기 제10차 통신사의 화원으로 이성린과 함께 일본에 다녀왔다.

2 『사기(史記)』「진시황본기(秦始皇本紀)」에 "제(齊)나라 사람 서복(徐福)이 상소하여, '바다 가운데 삼신산이 있고 그곳에는 신선과 불사약이 있으니, 재계를 한 다음 어린 남녀 아이들을 데리고 가서 구해 오겠다'고 요청하자, 진시황이 그의 말을 듣고 수천 명의 동남동녀(童男童女)를 데리고 가서 불사약을 구해 오게 하였다."라고 하였다. 일본에 서복과 관련된 지명이나 전설이 많이 남아 있다.

3 성(星)은 왕명을 받은 사신을, 초(軺)는 수레를 뜻한다. 한나라 무제(武帝) 때 장건(張騫)이 사명(使命)을 받들고 서역(西域)에 갔다가 뗏목[槎]을 타고 황하(黃河)의 근원을 거슬러 올라가 은하수에 이르렀다는 전설에 의거하여 성사(星槎)가 사신을 상징하듯이, 성초(星軺)도 사신을 뜻한다.

한가하게 살며 여러 가지를 짓다

閒居雜詠 二十首

1.

띠풀과 갈대가 섬돌 앞까지 퍼져서
새싹이 옛 뿌리에 잇달아 돋아나네.
아침에 삽을 들고 직접 일궈 씻어내니
올해 가꿀 채마밭이 더 늘어났구나.

茅葦侵尋逼砌前。新芽迸出舊根連。
朝來提鍤親疏滌、添得今年種菜田。

3.

고려 풍속 질박하다고[1] 내 일찍이 들었거니
푸성귀를 가져다가 익은 밥을 싸서 먹네.
상추는 잎 둥글고 된장은 자줏빛이니
반찬거리가 시골 부엌에서 쉽게 나오네.

曾聞麗俗近陶匏。生菜旋將熟飯包。
萵苣葉圓鹽豉紫、盤需容易出邨庖。

9.

몇 줌 곡식 경작하여 굶주림에서 벗어나고
채마밭에 채소 많아 내 몸을 살찌우네.
포구에 고깃배가 들어왔다 하니
밴댕이²나 한 소쿠리 또 얻어 돌아오리라.

瓶粟經營免苦饑。田蔬多味助身肥。
傳聞浦口漁舠入、又貰鰾魚一筲歸。

11.

주량은 도령(陶令)³ 같았는데 술을 먼저 끊었고
기예는 파옹과 방불한데 바둑 두기도 끊었네.⁴
산옹이 할 일 없다고 괴이하게 여기지 말라
서민들의 농사도 충분히 할 만하다네.

酒如陶令先休飮。技倣坡翁斷著棊。
莫怪山翁無一事、小人農圃亦堪爲。

---

1 『예기』「교특생(郊特牲)」에, 천자가 하늘에 제사를 올릴 때 "질그릇과 바가
   지를 제기(祭器)로 사용하는 것은 그것이 천지의 질박한 본성을 상징하기
   때문이다.[器用陶匏 以象天地之性]"라고 하였다.
2 안산 앞바다에서 밴댕이가 많이 잡혀, 사용원에 소속된 소어소(蘇魚所)에서
   밴댕이를 거두어 대궐에 바쳤다.

12.

꽃과 잎을 보고 시절을 아니 달력은 덮어 두고
해시[5]의 장터를 보며 날짜를 헤아리네.
벼의 싹이 보고싶어 소나무 아래 섰더니
노란 꽃가루 날려 와서 나도 모르게 옷에 붙네.

驗時花葉廢蓂書。計日還憑亥市墟。
貪見禾苗松下立、霏黃花屑暗黏裾。

---

3 팽택(彭澤) 현령을 지낸 도잠(陶潛)을 가리키는데, 그가 팽택에 부임하자 공
   전(公田)에 술을 빚기에 좋은 차조만 심게 하였다.
4 파옹(坡翁)은 소동파인데, 그의 시 「바둑 구경[觀棋]」의 서문에서 이렇게 말
   하였다. "나는 본디 바둑을 둘 줄 몰랐다. 한번은 혼자서 여산(廬山)의 백학
   관(白鶴觀)을 유람하였는데, 관(觀) 사람들이 모두 문을 닫고 낮잠을 자서,
   물 흐르는 시냇가 노송(老松) 숲에서 바둑 두는 소리만 들려왔다. 나는 그
   소리에 기분이 좋아져 나도 모르게 바둑을 배우고 싶어졌다."
5 『성호사설』에서 해시(亥市)는 이틀 걸러 한 번씩 인(寅), 신(申), 사(巳), 해
   (亥)일에 서는 장을 가리킨다고 설명하였다.

밤에 앉아서
夜坐

밤 깊어 사람들 모두 잠들자
기름 떨어진 등불만이 나를 짝하네.
때때로 개 짖는 소리 들으며
조용히 닭 울음소리를 세어보네.
산 눈은 추위에 높이 쌓이고
하늘 별자리는 절기 따라 뒤바뀌는데,[1]
꿈속에 활짝 핀 꽃을 보고서
손꼽아 봄이 오기를 기다리네.[2]

夜久人皆睡、殘缸伴我明。
時時聞犬吠、嘿嘿數雞聲。
山雪寒威積、天星歲序更。
夢中花爛漫、屈指待春生。

---

1   왕발(王勃)의 「등왕각서(滕王閣序)」에 "한가로운 구름과 못 그림자만 날로
    아득하니, 경물 바뀌고 별자리 옮겨 몇 해나 지났는가.[閑雲潭影日悠悠 物換
    星移度幾秋]"라고 하였다.
2   당나라 한유(韓愈)가 등불을 읊은 시 「영등화동후십일(詠燈花同侯十一)」에
    "눈 내리는 때에 절로 따뜻하게 해 주니, 어찌 봄을 기다려서야 붉게 피랴.
    [自能當雪暖 那肯待春紅]"라고 하였다.

화서가 빗을 보내 준 것에 고마워하다
謝華瑞惠篦

머리 벗겨져 이제는 빗질할 머리카락도 없지만[1]
이따금 가려우면 참기가 힘들었네.
벗님이 천 개의 이가 달린 빗을 보내 주어
손 가는 대로 자주 긁으니 절로 상쾌하구나.

禿鬝今無髮可治。時猶痒痒耐難支。
故人貽我篦千齒、信手頻搔爽自知。

◇ 『성호전집』 권4에도 진사(進士) 화서(華瑞)가 패랭이와 학익선을 보내 주자
　성호가 답례로 지은 시가 실려 있는데, 인적사항을 확인할 수 없다.
1 두보(杜甫)의 시 「수숙견흥봉정군공(水宿遣興奉呈群公)」에 "귀가 먹어 글씨나
　연습하고, 머리 빠져 빗질도 못하네.[耳聾須畵字 髮短不勝篦]"라고 하였다.

조카 병휴에게 보이다
示從子秉休

맑은 새벽에 시름겨워 오래 앉았노라니
옆에는 호리병에 담긴 술이 있어,
『주역』을 펼쳐 한두 효를 점검하며
장생표¹에 술을 따라 마시네.
조금만 마셔도 얼근하게 되어
조화로운² 봄기운을 바로 느끼겠네.

────────

◇ 이병휴(李秉休, 1710~1776)의 자는 경협(景協), 호는 정산(貞山)인데, 성호
의 넷째 형 이침(李沈)의 셋째 아들로 태어나서 성호의 둘째 형인 이잠(李潛)
에게 출계하였다. 어려서부터 성호에게 배우고, 성호가 세상을 떠난 뒤에는
윤동규(尹東奎)에게 배웠으며, 신후담(愼後聃)·안정복(安鼎福)과 교유하였
다. 제자로는 권철신(權哲身)과 이기양(李基讓)이 있다. 성호의 유고를 수집
하여 문집을 편집하였으며, 저서로『정산시고(貞山詩稿)』,『정산잡저(貞山
雜著)』가 전한다.

1 두보(杜甫)의「낙유원가(樂遊園歌)」에 "장생목으로 만든 바가지에 술을 담아
진솔함을 표현하네.[長生木瓢示眞率]"라고 하였다. 장생표는 나무에 생긴 옹
두리를 가지고 만든 바가지인데,『성호전집』권48에 "장생표에 대한 찬[長
生瓢贊]"이 실려 있다. "산에는 보기(寶器)와 산거(山車)가 나니, 천고의 세월
이 흐르는 동안, 나무에 옹두리가 자연히 생겨, 질박하고 꾸밈없는 그릇이
되었네. 예는 근본을 잊지 않으니, 옹덩이 물을 손으로 먹던 일과 비슷하다.
나의 표주박으로 떠서 마시어, 이렇게 진솔함을 닦아 가리라.[山出器車 世易
千古 木癭天成 旣樸且素 禮不忘本 事近窪抔 我擧我瓢 眞率是修]"라고 하였다.

2 『주역』「건괘 단」에 "건도가 변화하여 각각 성명을 바르게 하니, 대화를 보
합하여 이하고 정하다.[乾道變化 各正性命 保合大化 乃利貞]"라고 하였다. 주
희는 태화를 음양(陰陽)이 모여 조화롭게 된 기(氣)라고 하고, 보합을 만물이
생겨난 뒤에 온전히 보존하는 것이라고 풀이하였다.

정신이 두루 통하니[3]
팔방[4] 천지가 내 집의 뜰과 같구나.
천 년 전의 일을 아득히 회고하니
총명한 성현이 몇 분 계셨네.[5]
그분들 죽었다고 말하지 말라
자취가 아직도 여기 남아 있다네.
거슬러 올라 그 마음을 간혹 엿보니
옛날이 아니요 바로 지금의 일이건만,
벼루와 붓을 가져다가 억지로 글을 엮으니
후세 사람들이 비웃을까 더욱 두렵네.
높은 산을 진작부터 우러렀으니[6]
그만두려다 홀연 다시 일어났네.
이 뜻을 누구에게 말할 수 있겠나
호리병에 술이 있을 뿐일세.

清晨悄坐久、旁有葫蘆酒。
撿易一兩爻、酌以長生瓢。
小吸亦醺人、便覺太和春。
精神會流通、八極門庭同。
緬懷千載前、聰明幾聖賢。
其人莫云死、其迹猶在此。
溯洄或見心、非古卽伊今。
研毫强綴辭、更怕來人嗤。
高山夙仰止、將廢忽復起。
此意向誰論、但有葫蘆存。

3 소동파(蘇東坡)의 글에, "신령이 세상에 유통되는 것이 마치 물이 땅속에 있음과 같아서 어디에는 있고 어디에는 없는 것이 아니라 어느 곳이라도 깊이 파면 다 통하여 나온다." 하였다.

4 『초사(楚辭)』「천문(天問)」에 "여덟 개의 기둥은 어디 있는가?[八極何當]"라고 하였는데, 왕일(王逸)의 주(注)에 "하늘에 여덟 산이 있어 기둥이 된다.[天有八山爲柱]"라고 하였다.

5 주희의 「대학장구 서(大學章句序)」에 "총명과 예지를 갖추어서 그 본성을 다한 이가 그 사이에 나오면 하늘이 반드시 그를 명하여 억조(億兆) 백성들의 임금과 스승으로 삼아서 그로 하여금 백성을 다스리고 가르쳐 각자의 본성을 회복시켜 주도록 하였으니, 이 때문에 복희(伏羲), 신농(神農), 황제(黃帝), 요순(堯舜)이 '하늘의 뜻을 이어 법칙을 세움[繼天立極]'으로써 사도(司徒)의 직책과 전악(典樂)의 벼슬이 베풀어지게 되었다."고 하였다.

6 『시경』「거할(車舝)」에 "높은 산을 우러르며 큰길을 가네.[高山仰止 景行止]"라고 하였는데, 이에 대해 공자가 『예기(禮記)』「표기(表記)」에서 "시(詩)에서 덕을 좋아함이 이와 같다."라고 하였다.

칠탄정 십육경 소서
七灘亭十六景 幷小序

　　우리나라의 유현(儒賢)이 영남에서 많이 배출되었는데, 나도 예전에 한 번 방문한 적이 있다. 명망과 덕행이 높은 분이 사시던 곳은 다들 산수가 수려해서 내가 배회하면서 떠나지 못하게 할 정도였다. 아마도 흐르는 물과 우뚝한 산이 빼어난 기운을 온축(蘊蓄)하여 훌륭한 인물들을 키워냈기에, 그분들이 곳곳마다 경승지를 차지할 수 있었던 듯하다. 당시에 그 지방을 두루 유람하지 못한 것이 아직도 아쉬운데, 지금 상사(上舍) 손백경(孫伯敬)이 밀양에서 나를 찾아와 칠탄정 16경 그림을 보여 주었다. 그곳은 그의 5세조 오한(聱漢) 선생의 유허(遺墟)로 자손들이 학문을 닦으며 퇴락하지 않도록 지켜 왔는데, 여러 가지 기이한 경관들이 있어 영혼을 맑게 하고 고무하였다. 내가 이미 노쇠하여 맑은 자취를 직접 찾아가서 고풍(古風)을 살필 수 없다고 생각하고는, 나도 모르게 선생의 시 한 구절을 정중하게 읊었다. "칠리탄 머리에서 낚싯대 드리우니, 푸른 강물 맑고 얕아서 찬 물결 이네. 우습구나! 당시에 갖옷 입은 엄광(嚴光)이, 끝내 인간의 간의(諫議) 벼슬을 띠었다니.[七里灘頭一釣竿 碧江淸淺浪花寒 當年却笑羊裘子 終帶人間諫議官]"다 읊은 뒤에 붓을 들고 삼가 기록한다.

1.

칠리탄의 밝은 모래[七里明沙]

새벽 물가에 갈매기 잠들고 구름 낮게 깔렸는데
어부의 어기여차[1] 뱃노래만 들려오네.
가벼운 바람이 한바탕 백사장에 일더니
끝없이 펼쳐진 흰 모래 위로 해가 밝게 비치네.

曉渚鷗眠雲貼地、漁翁欸乃但聞聲。
輕颸一道平沙出、極目皚皚日照明。

강세황 그림, 칠탄정 칠리명사

---

1 당나라 유종원(柳宗元)의 시 「어옹(漁翁)」에 "물안개 걷히고 해가 솟으니 사
   람은 보이지 않고, 어기여차! 한 소리에 산수가 푸르구나.[烟消日出不見人
   欸乃一聲山水綠]" 하였다. 원결(元結)의 「잡곡가사(雜曲歌辭)」 가운데 세 번
   째 작품 제목이 「애내곡(欸乃曲)」이다.

5.

등연의 물고기 잡는 등불[燈淵漁火]

산골짝이 들이 삼킨 물이 굽이쳐 맑게 흐르니
게 잡고 물고기 잡으러 함께 가자고 약속하네.
한 줄기 긴 제방에 달이 없어 칠흑 같은데
멀리서 등불이 하나둘 숲을 뚫고 밝게 비치네.

山谿呑納匯而淸。擒蟹罾魚約伴行。
一帶長隄無月黑、遙燈點點透林明。

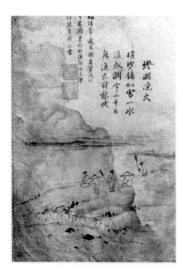

강세황 그림. 칠탄정 등연어화

145

14.

앵수의 저녁 갈까마귀[鶯岫暮鴉]

시인이 절경을 그려 내기 참으로 어려우니
유수(流水)[2] 시에 만 점 겨울 갈까마귀라 하였네.
눈에 가득한 단풍이 저마다 빛깔 다투니
석양 속에서 술이 깨기를 기다렸다 보리라.[3]

騷家絶景畫應難。流水詩中萬點寒。
滿目楓丹爭別色、斜陽留待酒醒看。

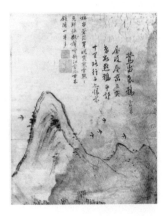

강세황 그림, 칠탄정 앵수모아

---

2 수(隋)나라 양제(煬帝)의 시에 "겨울 갈까마귀 천만 점 날고, 흐르는 물은 외딴
   마을을 둘렀네.[寒鴉千萬點 流水遶孤村]"라고 하였는데, 이 시구가 명나라 학자
   왕세정(王世貞)의 『엄주사부고(弇州四部稿)』에 전해진다. 왕세정은 『예원치언
   (藝苑巵言)』에서 이 구절을 '중당(中唐)의 가경(佳境)'이라고 평하였다.

3 소식(蘇軾)의 「계음당(溪陰堂)」에 "간밤의 술 깨니 문밖에 해가 높이 떠, 개
   울 남쪽 열 이랑의 그늘을 누워서 바라보네.[酒醒門外三竿日 臥看溪南十畝
   陰]"라고 하였다.

16.

난간에 기대어 물고기 보기[賴檻觀魚]

강가 정자의 처마 기둥을 단장하면서
난간을 새로 덧붙인 건 물결⁴ 보기 위해서일세.
당당과 책책⁵ 같은 물고기가 와서 모이리니
호량⁶에서 낚싯대 손질하지 말도록 하라.

糚點簷楹狎水干。新添欄檻爲觀瀾。
堂堂策策魚來集、莫遣濠梁理釣竿。

---

4 『맹자』「진심 상(盡心上)」에 "물을 보는 데는 방법이 있으니, 반드시 그 물결
  을 보아야 한다.[觀水有術 必觀其瀾]"라고 하였는데, 주희는 이 구절을 이렇
  게 설명하였다. "이는 도의 뿌리가 있음을 말한다. 란(瀾)은 물의 여울이
  급한 곳이니 (줄임) 물결을 보면 그 바탕의 뿌리가 있음을 알 수 있다."
5 당당(堂堂)과 책책(策策)은 당말(唐末) 오대(五代) 때의 도사 담초(譚峭)가 지
  은 『화서(化書)』에 보이는 물고기의 이름이다. 옛날 경씨(庚氏)와 신씨(辛氏)
  가 연못을 파서 물고기를 길렀는데, 난간에 올라 물고기의 밥을 주면 '책책'
  과 '당당'이라는 소리를 냈으므로 경씨의 물고기를 '책책'이라 하고 신씨의
  물고기를 '당당'이라 하였다고 한다.
6 장자가 혜자(惠子)와 함께 호량(濠梁)에서 노닐 때 장자가 "피라미가 조용히
  나와서 노니, 이는 물고기의 즐거움이다."라고 하자, 혜자가 "그대는 물고기
  가 아닌데 물고기의 즐거움을 어떻게 알겠는가?"라고 하였다. 장자가 "그대
  는 내가 아닌데 내가 물고기의 즐거움을 알지 못하는 것을 어떻게 알겠는
  가."라고 하였다는 이야기가 『장자(莊子)』6권 「추수(秋水)」에 실려 있다.

식욕과 색욕에 대한 경계
食色戒

식욕과 색욕은 본래 천성이어서[1]
길흉이 찾아오는 길로 삼으니,
잘 수양하면 성인 되기를 바랄[2] 수 있지만
외물을 따르면 죽거나 병이 드네.
배고프고 추울 때에 깊이 살펴야 하고
으슥하고 어두운 데서 더욱 경계해야[3] 하네.
담장에 붙은 귀가 좌우에서 듣고[4]
귀신의 눈은 매달린 거울[5]과 같네.

———

◇ 이 시는 운을 섞어서 썼다.

1 고자(告子)가 "식욕과 색욕은 본성이니, 인(仁)은 내면에 있는 것이지 외면에 있는 것이 아니며, 의(義)는 외면에 있는 것이지 내면에 있는 것이 아니다. [食色性也 仁內也 非外也 義外也 非內也]"라고 한 말이 『맹자』 「고자 상」에 실려 있다.

2 주돈이(周敦頤)의 『통서(通書)』에 "성인은 하늘처럼 되기를 바라고, 현인은 성인처럼 되기를 바라고, 선비는 현인처럼 되기를 바란다.[聖希天 賢希聖 士希賢]"고 하였다.

3 『대학장구』 「성의장(誠意章)」에 "그 뜻을 참되게 한다는 것은 스스로 속이지 않는다는 말이다. 예를 들면 나쁜 냄새를 싫어하는 것처럼 하고 좋은 색을 좋아하는 것처럼 하는 것, 이것을 일러 스스로 만족하는 것이라고 한다. 그러므로 군자는 반드시 자기 홀로 있을 때를 삼가는 것이다.[所謂誠其意者 毋自欺也 如惡惡臭 如好好色 此之謂自謙 故君子必慎其獨也]"라고 하였다.

4 『시경』 「소반(小弁)」에 "군자는 쉽게 말하자 말라, 담장에도 귀가 달렸느니라.[君子無易由言 耳屬于垣]"라고 하였다.

5 『연감류함(淵鑑類函)』 권320 「영이부(靈異部)」에 "솥을 주조하고 여기에 여

148

솥에 태워지고 볶이듯이 되거나

칼에 깎이고 베이듯이 되네.

진퇴⁶를 속에서 정해야 하니

터럭처럼 작은 곳에도 천명이 있네.

혹시라도 주정⁷하기를 잊어버리면

온갖 물욕이 다투어 침범하리니,

불이 언덕과 들판을 맹렬히 태우고⁸

범이 숲으로 달아나 날뛰듯 되리라.

러 가지 형상을 새겨 넣어 성인께서 망량(魍魎)의 간사함을 대비하고, 거울
을 매달고 여기에 형상을 비춰보아 도사들이 이매의 미혹을 막는다.[鑄鼎象
物 聖人備罔兩之姦 懸鏡鑒形 道士防魑魅之惑]"라고 하였다.

6 원문의 행위(行違)에는 두 가지 뜻이 있다. 『논어』「안연(顔淵)」에서는 "명성
   만을 추구하는 자를 보면, 겉으로는 인덕을 주장하는 것 같지만 행동은 딴판
   이요, 그런 위선을 행하면서도 아무런 의심 없이 안주하고 있다. 그런 자들
   이 나라에서도 이름이 나고 집에서도 이름이 나는 것이다.[夫聞也者 色取仁
   而行違 居之不疑 在邦必聞 在家必聞]"라고 하였다. 자신의 분수에 맞게 세상
   에 나가고 물러난다는 말이다. 행위는 출처(出處)를 의미한다. 『주역』「건괘
   (乾卦) 문언(文言)」에서는 "세상을 피해 숨어 살면서도 근심이 없고, 남의
   인정을 받지 못해도 고민하지 않아, 즐거운 세상이면 행하고 걱정스런 세상
   이면 떠나가서, 뜻이 확고해서 뽑을 수 없는 것이 잠룡이다.[遯世无悶 不見是
   而无悶 樂則行之 憂則違之 確乎其不可拔 潛龍也]"라고 하였다. 이 시에서는
   『주역』의 뜻을 따라 번역하였다.

7 주돈이(周敦頤)의 『태극도설(太極圖說)』에 "성인은 중·정·인·의로써 정하
   되 고요함을 주장하여 사람의 극을 세웠다.[聖人定之以中正仁義而主靜 立人
   極焉]"라고 하였다. 주정(主靜)은 송나라 유학자들의 수양법으로, 마음을 고
   요히 가라앉혀 외물의 유혹을 받지 않게 하는 것을 말한다.

8 『서경』「상서(商書) 반경 상(盤庚上)」에 "불이 들판에 타올라 그쪽으로 가까
   이 다가갈 수는 없으나 그래도 끌 수는 있다.[若火之燎於原 不可向邇 其猶可
   撲滅]"라고 하였다.

몸 해치는 것을 형체와 그림자에 비유했으니
훈계가 천고에 밝게 빛나네.
공부하여 식욕과 색욕을 제어할 수 있다면
함정에 떨어지는 일을 면하게 되리라.

食色本天性、吉凶爲路徑。
善養將希聖、循物入死病。
飢寒要深省、幽暗尤宜警。
墻耳左右聽、鬼目如懸鏡。
煎熬若在鼎、削割刀劍倂。
行違內須定、絲髮儘有命。
一或忘主靜、衆慾求侵競。
火燎丘原猛、虎逸山林橫。
戕身比形影、訓戒千古炯。
功夫得操柄、庶幾免墮穽。

조정숙 수의가 책력을 보내 준 것에 사례하다
謝趙正叔守誼寄曆

올해 삼백예순 날이 끝나면
내년에는 일흔다섯 살 늙은이라오.
벗이 하늘 너머에서 선물을 보내 주니
새 책력이 무단히 내 눈에 들어오는구나.
시월에 순음[1]을 손 흔들어 보냈더니
일양[2]의 소식[3]이 역마처럼 전해지네.
눈 어두워 작은 글자[4] 구별하지 못하기에
안경의 힘을 빌려 겨우 책을 펼쳤네.

今年三百六旬終。明年七十五歲翁。
故人有贈從天外、新曆無端入眼中。
十月純陰搖手遣、一陽消息置郵通。
眵昏不辨蠅頭細、展卷聊憑靉靆功。

◇ 정숙(正叔)은 조수의(趙守誼, 1699~1769)의 자로, 본관은 한양(漢陽), 호는
옥간(玉澗)이다. 용주(龍洲) 조경(趙絅)의 증손자로 1735년에 생원시에 합
격하고, 공조좌랑, 충주목사 등의 관직을 역임하였다. 연산현감으로 부임
할 때에 성호가 시를 지어 보냈고, 성호가 두 차례 편지를 보내어 질문에
답하였다.
1 홀수는 양(陽)이고 짝수는 음(陰)이니, 10월은 음이 가득 찬 달이다.

2 『주역』「복괘(復卦)」 소(疏)에 "동지에 양 하나가 생기니, 이는 양은 움직여서 용사하고 음은 고요함으로 돌아가는 것이다.[冬至一陽生 是陽動用而陰復於靜也]"라고 하였다. 양(陽)이 처음 돌아온다는 것은 음력 10월에 음기가 다하고, 11월 동지(冬至)가 되면 양기가 처음으로 생기는 것을 말한다.

3 소식(消息)은 천지조화의 자취에 의하여 만물이 사라지고 자라나는 것을 말한다. 『주역』「풍괘(豐卦) 단(彖)」에 "해는 중천에 오면 기울고, 달은 차면 먹히나니, 천지의 차고 빔도 때에 따라 사라지고 자라나고 하는데, 더구나 사람에 있어서이며 귀신에 있어서이랴.[日中則昃 月盈則食 天地盈虛 與時消息 而況於人乎 況於鬼神乎]"라고 하였다.

4 제(齊)나라 형양왕(衡陽王) 균(鈞)이 잔글자로 오경(五經)을 써서 한 권으로 만들어 상자 속에 두고 비망(備忘)하기에, 시독관(侍讀官) 하개(賀玠)가 물었다. "전하의 집에 경전이 많은데 승두서(蠅頭書)가 왜 필요합니까?" 균이 "열람하기가 쉽고, 한 번 쓰고 나면 길이 잊어버리지 않는다."라고 설명하자, 제왕(諸王)들이 서로 본받았다는 이야기가 『남사(南史)』 권41 「형양원왕열전」에 실려 있다. '승두(蠅頭)'는 파리 대가리처럼 작은 글씨이다.

죽은 제자를 애도하다
悼亡 三首

1.

사랑스러운 이 사람¹이 우뚝하게 변을 쓰던 모습²
새로 돋아난 난초 싹처럼 참으로 준수했지.
만 리 장도에 수레를 내달릴 줄 알았더니
청산 무덤³ 속에다 몸을 맡겼구나.

可愛伊人突弁容。蘭芽新苗正丰茸。
長途萬里攻車出、捲付青山馬鬣封。

---

1 『시경』「겸가(蒹葭)」에 "긴 갈대 푸른데, 흰 이슬이 서리 되었네. 바로 그 사람이 물 저편에 있건만, 물길 거슬러 올라가려니, 길이 험하고 멀기도 하네.[蒹葭蒼蒼 白露爲霜 所謂伊人 在水一方 遡洄從之 道阻且長]"라고 하였다. 이인(伊人)은 멀지 않은 곳에 있는 사람이지만 만날 수 없어 안타까울 때에 쓰던 용어이다.

2 죽은 제자가 관례(冠禮)를 올리던 때의 모습을 가리킨다. 『시경』「보전(甫田)」에 "어여쁘고 고와라 총각이 쌍상투를 틀었네. 얼마 뒤에 보니, 우뚝하게 변을 썼구나.[婉兮孌兮 總角丱兮 未幾見兮 突而弁兮]"라고 하였다. 관례를 치를 때에 세 번 관(冠)을 갈아 썼는데, 처음에는 치포관(緇布冠), 다음에는 피변(皮弁), 마지막에는 작변(爵弁)을 썼다. -『의례(儀禮)』「사관례(士冠禮)」

3 『예기(禮記)』「단궁(檀弓)」에서 자하(子夏)가 공자의 말을 인용하여 마렵봉(馬鬣封)이라는 용어를 설명하였는데, 성호는 『성호사설』에서 그 설명을 부정하였다.
"섬돌 위에 마루가 있는 것처럼 덩그렇게 흙으로 쌓아서 위가 판판하게 만든 것을 '당(堂)과 같다.' 하고, 마루 위에 지붕이 있는 것처럼 높게 만들고 그

2.

시절이 흘러서 어느새 두 해가 지나니
처량한 바람이 늙은이 마음을 유독 흔드네.
예전처럼 책을 끼고 이끼 낀 오솔길 헤치면서
타박타박[4] 발자국 소리 들릴[5] 것만 같구나.

時節推遷倏再更。悽風偏撼老儂情。
依然挾冊披落逕、橐橐如聞響履聲。

위에 다시 흙을 더 쌓아서 용마루와 같이 만든 것을 '큰 지붕과 같다.' 하고,
무덤 길이는 길면서 위를 줄여 만든 것을 '방과 같다.' 하고, 무덤은 둥글면서
꼬리를 길게 만든 것을 '도끼와 같다.'고 한 듯하다. 옛날 도끼의 모습은 앞이
둥글고 뒤에 꼬리가 있다. 후세에 와서도 봉분을 이렇게 만들지 않는 이가
없어, 모두 모가 나게 만들지 않으므로 무너지는 걱정을 면하게 되니 아주
편리하다. 연릉계자(延陵季子)가 그의 아들을 장사지낼 때 '부자(夫子)가 이
미 예(禮)에 맞도록 했다'고 하였으니, '광륜'이란 것이 즉 도끼처럼 만들었다
는 말이 아니겠는가? 무덤 명칭을 마렵(馬鬣)이라 한 것을 이해할 수 없으니,
도끼와 마렵이 서로 같은 유가 아니기 때문이다. 아마도 옛날 무덤은 용미
(龍尾)가 없었는데 연릉으로부터 시작되어 부자도 따르게 되었으니, 옛날
마렵이란 명칭을 지금 와서 용미라고 한 것인 듯하다."
이 시에서는 일반적인 무덤을 가리킨다.

4 『시경』 「소아(小雅) 사간(斯干)」에 "판자를 꼭꼭 묶고, 흙을 탁탁 다지어,
   비바람을 막고, 새와 쥐들을 물리쳤으니, 군자가 존대하게 있을 곳일세.[約
   之閣閣 椓之橐橐 風雨攸除 鳥鼠攸去 君子攸芋]"라고 하였다. 탁탁(橐橐)은 의
   성어이다.

5 한나라 정숭(鄭崇)이 간쟁(諫爭)을 하러 갈 때마다 가죽 신발을 끌면서 갔는
   데, 그럴 때마다 황제가 웃으면서 "정상서의 발자국 소리인 줄을 내가 알겠
   다.[我識鄭尚書履聲]"고 하였다. ─『한서(漢書)』 권77 「정숭전(鄭崇傳)」

무이구곡도

武夷九曲圖 二首

1.

비와 이슬에 젖은 뽕나무와 삼나무가[1] 골고루 뿌리 내리니
인간세상 어디인들 하늘이 내린 백성 아니겠나.
자양께서 당시 배를 돌린 의미를 새겨 보니
도달한 근원이 꼭 참이 아니라고 하셨네.[2]

雨露桑麻著處均。人間何地不天民。
紫陽當日廻舟意、道是窮源未必眞。

2.

흐르는 물에 복숭아꽃이 참된 곳으로 이끌어 주니
신선 사는 곳이 한 겹 봄으로 막혀 있을 뿐일세.
구곡으로 가고 가는 마음이 언제나 그치랴
훗날에 다른 누군가 가 보기를 기다리리.

流水桃花引道眞。仙居只隔一重春。
行行九曲心何已、會待佗時別有人。

◇ 주희(朱熹, 1130~1200)가 한탁주(韓侂冑)의 모함을 피해 물러나서 복건성 무이산에 무이정사(武夷精舍)를 짓고 강학하였다. 주희가 정한 구곡은 승진동(升眞洞), 옥녀봉(玉女峯), 선기암(仙機巖), 금계암(金鷄巖), 철적정(鐵笛亭), 선장봉(仙掌峯), 석당사(石唐寺), 고루암(鼓樓巖), 신촌시(新村市) 등인데, 1184년에 서곡을 포함하여 칠언절구 10수의 「무이도가(武夷棹歌)」를 지었다. 여러 화가들이 「무이구곡도(武夷九曲圖)」를 그렸는데, 성호도 「무이구곡도」를 제작하고 발문을 지었다.

"무이구곡(武夷九曲)은 주자가 일찍이 물길을 타고 유람하던 곳이다. 이번에 그 경치를 묘사하여 그림으로 그리고, 또 주자의 시 「무이구곡가(武夷九曲歌)」를 그림 위에 써 놓았다. 그림이 초상이라면 시는 화상찬(畫像贊)에 해당되는데, 섬세하게 묘사하여 하나도 빠짐없이 그려 놓은 듯하다. 바다 건너에 묻혀 사는 내가 참으로 다행스럽게도 이 그림을 얻어 보고는 눈이 확 떠지고 입이 절로 흥얼대어 정신이 그와 하나가 됨을 느꼈다. 혹 꿈속에서라도 바다가 막혀 있지 않아 한번 소원을 이룰 수 있다면, 장차 낭현복지(娘嬛福地)의 경치를 발 아래로 내려다보리라. 마침내 이태백(李太白)의 「천모음(天姥吟)」한 편을 읊고는 두루마리의 끝에다 쓴다."-『성호전집』 권56 「무이구곡도발(武夷九曲圖跋)」

1 주희가 「무이도가」 마지막 장에서 "아홉 굽이 끝날 무렵 눈앞이 환히 열리니, 뽕과 삼은 비와 이슬에 젖고 평평한 시내 보이네. 어부가 다시 무릉도원의 길을 찾으니, 인간 세상 속에 별천지가 있구나.[九曲將窮眼豁然 桑麻雨露見平川 漁郎更覓桃源路 除是人間別有天]" 하였다.

2 마지막 9곡은 가장 높은 도의 경지는 뽕이나 삼을 늘 재배하는 것처럼 사람들 사이의 일상적인 생활에서 떨어져 있지 않으며, 다시 아름다운 도원(桃源)과 같이 소도(小道)를 찾아 나선다면 이는 세상 밖의 별개의 일로서 군자가 취할 바가 아님을 묘사한 것이다. -『성호전집』 권56 「무이구곡도에 쓰다[書武夷九曲圖]」

난죽첩

蘭竹帖 三首

2.

호를 난우라고 한 주 천사가 와서
구원에 남은 난초[1] 향을 여기에 벗하였네.
동방에 그려 주어 법도로 삼게 하였으니
지금까지 남아서 현인을 존숭하는 그림이 되었네.

朱天使至號蘭嵎。九畹餘香是友于。
寫與東方爲正則、秖今留作景賢圖。

◇ 『난죽첩』은 허균(許筠, 1569~1618)이 1606년에 명나라 사신 주지번(朱之蕃)
에게 받은 대나무와 난초 그림에다 이정의 그림과 여러 문인의 시를 받아
제작한 시화첩이다. 그가 역적으로 처형된 뒤에 그의 이름을 삭제하고 떠돌
아다녔는데, 성호가 받아보고 발문을 지었다.
"만력(萬曆) 연간에 난우(蘭嵎) 주태사(朱太史)가 사명(使命)을 받들고 우리나
라에 왔을 때 성소(惺所) 허균(許筠)이 관반(館伴)이 되어 접대를 맡았는데,
태사가 서리 맞은 대나무와 깊은 골짜기에 핀 난초를 손수 그려서 선물하였
다. 당시 종실(宗室)인 석양정(石陽正) 이정(李霆)이 그 뜻을 이어받아 비에
맞은 대나무와 바람에 흔들리는 대나무 두 떨기를 그려 주었다. 허균은 당대
에 재주가 가장 뛰어났던 인물로, 그 당시 명사들을 두루 찾아다니며 시를
지어 달라 청하여 모두 17장의 시화첩을 만들었는데, 혹 진서(眞書)와 행서(行
書)와 장초(章草)로 정교하게 새겨 놓았다. 이슬이 맺히고 안개가 피어오르는
모습이 진실로 기이한 광경이라 나는 이에 빠져들어 감상하느라 손에서 놓을

3.

왕손이 대나무를 그린 뜻이 또한 남달랐으니[2]
누운 잎새 가로지른 댓가지 온갖 모습 갖추었구나.
취한 소매 펄럭이며 호걸이 춤을 추니
비바람 몰아쳐도 즐거운 춤 멈추지 않으리.

王孫繪竹意還殊。偃葉橫柯衆態俱。
醉袖翩翩豪士舞、不因風雨廢歡娛。

수 없었다. 다만 허균이 처형을 당한 사람이라 그의 천한 행동을 남들도 부끄
러워한 탓에 마침내 그의 표지(表識)와 인장(印章)을 제거하여 편집한 사람의
이름을 알지 못하게 해 놓았으니, 몹시 잘못된 일이다. 사람은 사람이고 기예
는 기예일 뿐이니, 굳이 사람 때문에 그 기예를 덮을 필요는 없다. (줄임)
권생 상희(權生尙熹)가 시화첩을 가져다 보여 주기에 그 끝에다 글을 써서
보배로 삼을 만한 것임을 알리는 바이다." –『성호전집』 권56 「난죽첩 발문」

1 굴원(屈原)의 「이소(離騷)」에 "내가 구원의 땅에 이미 난초를 심고, 다시 백
   묘의 땅에 혜초를 심었네.[余旣滋蘭之九畹兮 又樹蕙之百畝]"라고 하였다.

2 종실(宗室)인 석양정(石陽正) 이정(李霆, 1554~1626)이 주지번의 뜻을 이어
   서 허균에게 비에 맞은 대나무와 바람에 흔들리는 대나무 두 떨기를 그려
   주어 『난죽첩』 제작이 시작되었다. 허균은 「성옹지소록(惺翁識小錄)」에서
   "종실(宗室) 석양정 정(石陽正霆)은 묵죽(墨竹)을 잘 그렸고 매화와 난초에도
   능했다. 선왕이 매우 칭찬하여, 족자 한 폭을 그릴 때마다 많은 물품을 하사
   하였다."고 기록하였다.

죽

粥 二首

1.

죽을 끓여 그릇에 담으니 옅은 녹색 빛인데
가난한 늙은이가 먹어보니 맛이 더욱 좋구나.
앞마을에 밥 짓는 연기 끊어진 것을 보고
알알이 향기로운 곡식을 분수 헤아리며[1] 맛보네.

烹粥盈杅淺綠光。貧翁得此味還長。
前邨看取炊煙絶、粒粒芳馨揣分嘗。

---

1 당나라 사공도(司空圖, 837~908)가 벼슬을 그만두고 중조산(中條山) 왕관
   곡(王官谷)에 은거할 때 "재주를 헤아려 보면 이것이 쉬어야 할 첫 번째
   이유이고, 분수를 헤아려 보면 이것이 두 번째 이유이며, 늙어서 정신이
   흐리니 이것이 세 번째 이유이다.[量才 一宜休 揣分 二宜休 耄而瞶 三宜休]"
   라고 하였다.

2.

준비한 콩을 맷돌에 갈아 소반에 받아 내니
하늘이 낳은 융숙[2]이라 먹기에 알맞구나.
된죽과 묽은 죽으로 내 배를 채우고서
공정에 전해진 시[3]를 거듭 잡고 읽어 보네.

料理旋磨正射槃。天生戎菽恰供餐。
於饘於粥充余肚、孔鼎遺詩重把觀。

2　옛날 산융(山戎)이 경작하던 콩이라 하여 붙여진 이름이다.

3　공정(孔鼎)은 공자(孔子)의 선조인 정고보(正考父)의 사당에 있던 솥인데, 그
명(銘)에 "첫번째 벼슬을 받아 대부가 되면 고개를 숙이고, 두 번째 벼슬을
받아 경이 되면 허리를 굽히며, 세 번째 벼슬을 받아 상경이 되면 몸을 굽힌
다. 길을 갈 때에도 담장을 따라 빠른 걸음으로 지나가니, 감히 나를 업신여
기는 사람이 없네. 이 정에다 된죽을 끓이고 이 정에다 묽은 죽을 끓여 내
입에 풀칠을 하리라.[一命而僂 再命而傴 三命而俯 循牆而走 亦莫余敢侮 饘於
是 鬻於是 以餬余口]" 하였다.

종손 길보가 아들 낳은 것을 축하하다
賀從孫吉甫嘉煥生男

네 아비 연로한데 기쁜 일 별로 없고

너도 자식 없어 마음 편치 않았지.

상서로운 점이 꿈에 징험된 지 오래더니

과연 성과 같은 종자[1]를 보게 되었구나.

진주조개 달을 보아[2] 진주 광채가 길이 곱고[3]

하늘이 기린을 내리니[4] 옥으로 이름을 지었네.

방조가 소식 듣고 내 손자 낳은 듯 너무 기뻐

웃으며 촛불 밝히게 하여 시 지어 보내노라.

汝爺年老鮮懽情。汝亦無兒意不平。

久矣祥占徵有夢、果然宗子見維城。

蚌胎得月珠長彩、麟慶從天玉作名。

傍祖如吾聞甚喜、掀髥呼燭便詩成。

◇　길보(吉甫)의 이름은 철환(嘉煥)이다. (원주)

　　이철환(1722~1779)의 호는 예헌(例軒)으로, 성호의 종손(從孫)이자 문인이
다. 맏형 이광휴(李廣休)의 장남이니, 이하진(李夏鎭)의 장증손이다. 시(詩),
서(書), 화(畫)에 모두 뛰어났는데, 특히 그림은 당시에 표암(豹菴) 강세황(姜
世晃)과 쌍벽을 이루었다고 한다. 저술로『물보(物譜)』가 전하고, 여주이씨
문인들과 강세황의 창수시와 그림을 편집한『섬사편(剡社編)』이 전한다.

이철환이 안산 성호학파 시인들과 강세황의 시화를 편집한 『섬사편』 속표지. 『한국한문학연구』 25집.

1 『시경』 「판(板)」 7장에 "큰 덕을 지닌 사람은 나라의 울타리이며, 많은 무리는 나라의 담이며, 큰 제후국은 나라의 병풍이며, 대종(大宗)은 나라의 줄기이며, 덕으로 은혜롭게 함은 나라를 편안히 하는 이일세. 종자(宗子)는 나라의 성(城)이니, 성이 파괴되지 않게 하여, 홀로 두려워하지 않도록 하라.[价人維藩 大師維垣 大邦維屛 大宗維翰 懷德維寧 宗子維城 無俾城壞 無獨斯畏]" 하였다. 『시경』의 종자는 왕실의 종족을 가리켰지만, 성호는 가문을 유지할 훌륭한 종손을 말하였다.

2 좌사(左思)의 「오도부(吳都賦)」에 "소라가 구슬을 잉태하는데, 달과 더불어 찼다 줄었다 한다." 하였다.

3 후한(後漢) 때 공융(孔融)이 원장(元將) 위강(韋康)과 중장(中將) 위탄(韋誕) 형제를 만나 본 뒤에 그들의 아버지 위단(韋端)에게 편지를 보내기를 "진주 두 개가 늙은 조개 속에서 나올 줄 생각지도 못했다.[不意雙珠 近出老蚌]"라고 하였다. 성호가 훌륭한 아들 낳음을 비유한 표현이다.

4 『진서(陳書)』 권26 「서릉열전(徐陵列傳)」에 "서릉의 나이 서너 살이 되었을 때 집안사람이 데리고 가서 보였더니 보지공(寶誌公) 상인(上人)이 손으로 그의 정수리를 어루만지며 '천상(天上)의 석기린(石麒麟)이다.'라고 했다." 하였다.

스스로 지은 명정

自題銘旌

살아서는 천한 선비였는데 징사¹라 불렸고
자취는 농부였지만 장부에 뜻을 두었네.
달빛 풍광을 마음대로 타고 다니면
푸른 하늘 어느 곳인들 너른 길²이 아니었던가.

生爲賤士稱徵士。迹涉農夫志壯夫。
月色風光隨意駕、靑天何處不亨衢。

◇ (선생이) 이해 겨울 11월에 가벼운 질환을 앓다가 12월 17일에 침실에서 운명
하였다. 염습(斂襲)에는 지금(紙衾)을 쓰고 악수(握手)와 신은 쓰지 않았으
며, 반함(飯含)은 마련하기만 하고 쓰지는 않았다. 평소에 빠진 머리카락으
로 베개를 만들고, 손톱과 발톱을 잘라서 관 귀퉁이에 넣었는데 모두 종이로
쌌다. 명정(銘旌)이 있었는데 또한 선생이 종이에 직접 "성호징사여주이공지
구(星湖徵士驪州李公之柩)"라고 열 글자를 써 둔 것이다. - 윤동규, 「성호선생
행장」

1 징사(徵士)는 원래 부름 받은 선비라는 뜻이지만, 실제로는 조정의 징소(徵
召)에도 응하지 않고 숨어 사는 선비라는 뜻으로 더 많이 썼다. 셋째 형 이서
(李漵)가 옥동산(玉洞山) 아래에 살면서 천거로 기린도 찰방(麒麟道察訪)에
제수되었으나 나아가지 않고 일생을 마쳤으므로, 성호가 「취오처사 윤공
묘지명[翠梧處士尹公墓誌銘]」에서 형을 '옥동징사(玉洞徵士)'라고 표기하였
다. 자신도 47세에 선공감 감역에 제수되었지만 사퇴하였으므로 징사라고
한 것이다.

2 『주역』「대축(大畜)」에 "상구는 하늘의 거리이니, 형통하다.[上九 何天之衢
亨]"라고 하였다. 원문의 '형구(亨衢)'는 사통팔달(四通八達)의 큰길로, 대개
는 활짝 트인 벼슬길을 비유하였다.

장난삼아 짓다
戲題

대추¹가 모든 맥을 소통시킨다기에
애써 등불에 구워내니 무르게 익었구나.
증손² 아이가 밤새도록 먹여 달라 칭얼거려
팔순 노인이 네 살 아이를 끌어 앉아 먹이네.

火棗吾聞百脈通。辛勤燈焰炙成濃。
曾孫鎭夜來求哺、八耋翁攜四歲童。

---

1 화조(火棗)는 선인(仙人) 안기생(安期生)이 먹던 오이 크기의 대추를 말하는
  데, 그 과일을 먹으면 우화(羽化)하여 하늘을 날 수 있다고 한다.
2 성호의 아들 맹휴가 일찍 세상을 떠나 손자 구환이 모시고 살았으며, 성호가
  세상을 떠나자 구환이 승중(承重)하였다. 이 시에서 말하는 증손은 구환의
  아들인 송남(松南) 이재남(李載南, 1755~1835)일 것이다.

원문차례·찾아보기

卷三

卷四

허경진

1952년 피난지 목포 양동에서 태어났다. 연민선생이 문천(文泉)이라는 호를 지어 주셨다. 1974년 연세대 국문과를 졸업하면서 시 〈요나서〉로 연세문화상을 받았다. 1984년에 연세대 대학원에서 연민선생의 지도를 받아 『허균 시 연구』로 문학박사학위를 받고, 목원대 국어교육과를 거쳐 연세대 국문과 교수로 재직하였다. 열상고전연구회 회장, 서울시 문화재위원 등으로 활동하고 있다.
『허난설헌시집』, 『허균 시선』을 비롯한 한국의 한시 총서 50권, 『허균평전』, 『사대부 소대헌 호연재 부부의 한평생』, 『중인』 등을 비롯한 저서 10권, 『삼국유사』, 『서유견문』, 『매천야록』, 『손암 정약전 시문집』 등의 역서 10권이 있으며, 요즘은 조선통신사 문학과 수신사, 표류기 등을 연구하고 있다.

우리 한시 선집 131

성호 이익 시선

2021년 11월 12일 초판 1쇄 펴냄

옮긴이 허경진
펴낸이 김흥국
펴낸곳 도서출판 보고사

책임편집 황효은, 이순민
표지디자인 새와나무

등록 2001년 9월 21일 제307-2006-55호
주소 경기도 파주시 회동길 337-15 2층
전화 031-955-9797(대표)
       02-922-5120~1(편집), 02-922-2246(영업)
팩스 02-922-6990
메일 kanapub3@naver.com / bogosabooks@naver.com
http://www.bogosabooks.co.kr

ISBN 979-11-6587-239-7 04810
       979-11-5516-663-5 (세트)
ⓒ 허경진, 2021

정가 13,000원